나는
나쁜엄마
입니다

나는
나쁜엄마
입니다

초판 1쇄 발행 2015년 3월 25일
초판 6쇄 발행 2018년 11월 20일

스토리 | 양정숙
글쓴이 | 고혜림
그린이 | 허달종

발행인 | 양근만
편집인 | 문경선
디자인 | 장선희
마케팅 | 이종웅, 김민정

발행 | (주)씨에스엠앤이
주소 | 서울시 중구 세종대로 21길 30
등록 | 2013년 11월 7일 제301-2013-205호
내용 문의 | 02-724-7856
구입 문의 | 02-724-7851
이메일 | cbooks@chosun.com

ISBN 979-11-954914-0-7 03810

ⓒ 2015 양정숙, 고혜림

나는 나쁜 엄마 입니다

양정숙 이야기 **고혜림** 쓰고 **허달종** 그리다

콤마

나는 나쁜 엄마일까요

아이들은 엄마가 생각하는 것보다 훨씬 큰 가능성을 가지고 있습니다.
엄마는 자식의 꿈을 이뤄 주는 사람입니다.
그래서 엄마는 강해야 합니다.
설령 길이 보이지 않아도, 세상 사람들이 무슨 소리를 해도,
강한 척 하며 앞으로 나아가야 합니다.

엄마 혼자서 장애가 있는 자식을 키우는 것은 세상의 편견에 온몸으로 맞서는 일입니다. 나는 나쁜 엄마여야 했고, '독한 년'이라는 소리를 수도 없이 들었습니다. 지금은 세진이가 기적처럼 걷고, 수영을 하고, 국가 대표 수영 선수가 되었습니다. 또 '로봇다리 세진이'라는 이름으로 많은 사람들에게 사랑을 받고 있습니다. 그래서 나도 덩달아 훌륭한 엄마라고 상을 받고 칭찬도 받습니다.

하지만 세진이를 걷게 하기 위해 애쓰던 무렵에는 이웃들이 나를 욕하고, 경찰에 신고하기도 했습니다. 특히 넘어지는 연습을 시키던 몇 주간은 경찰이 매일 들이닥쳤습니다. 당시 장애 아동을 이용해서 앵벌이를 시키고 돈을 갈취하는 일이 심각한 사회문제였기 때문에 의심을 받았던 겁니다. 나는 경찰이 올 때마다 이유를 설명하느라 입이 헐고 진이 빠졌습니다. 세진이의 친엄마가 아니었기 때문에 오해는 더 컸습니다. 하지만 나는 굽히지 않고 세진이를 훈련시켰습니다.

넉넉하고 여유가 있어서 버텼던 것은 아닙니다. 낮에는 세진이를 돌보느라 밤에 대리운전과 청소 일을 다녔기 때문에 주변에서 술집에 나가는 것 아니냐

며 수근거렸습니다. 욕도 많이 먹고 손가락질도 받았습니다. 때로는 동정의 눈빛도 상처가 됐습니다. 지금은 웃으며 그 시절을 추억이라 말하지만, 과거엔 사람들의 말 한 마디 한 마디가 날카로운 비수가 되어 가슴을 찔렀습니다.

하지만 한 번도 부끄러웠던 적은 없었습니다. 장애아를 입양한 것도, 또 그 아이를 혼자 키운 것도, 험한 일을 하며 살아온 것도, 모두 나의 선택이었습니다. 힘이 닿는 한 세진이가 하고 싶은 것은 다 이뤄 주고 싶었습니다. 오히려 엄마의 가난한 사정 때문에 하고 싶은 것이 있어도 말하지 못할까 봐 겁이 났습니다. 집을 정리해서 전세, 월세로 내려앉으면서도 꿈을 이뤄 주기 위해 노력했습니다. 세진이가 하고 싶고 배우고 싶은 것들에 대해서 단 한 번도 안 된다고 말하지 않았습니다.

그렇게 세진이는 장애인 국가 대표 수영 선수가 됐습니다. 최연소로 성균관대학에 일반 전형으로 입학해서 성적 장학금을 받고 공부하고 있습니다. 하지만 가장 기쁜 것은 어떤 타이틀이나 명예가 아니라 뭐든 하기 싫다고 울어 대던 세진이가 우리나라는 물론 해외에서도 많은 사람들에게 희망과 감동을 주는 멋진 사람이 되었다는 것입니다. 기특하게 자라 준 세진이를 보며 새삼 내가 세진이의 엄마인 것이 고맙다는 생각이 듭니다. 세진이의 엄마였기에 이렇게 살아 올 수 있었고, 할 수 있었습니다.

세상의 모든 아이들은 사랑받을 자격이 있고, 꿈 꿀 미래를 가지고 있습니다. 못나도 공부를 못해도, 그리고 장애가 있어도 마찬가지입니다. 이 책에는 내가 세진이와 함께 꾸었던 꿈들과 지금 꾸고 있는 꿈들을 담았습니다. 감히 나보다 더 훌륭한 엄마들에게 얘기하려 합니다. 당신의 아이들은 엄마가 생각하는 것보다 훨씬 큰 가능성을 가졌다고요. 세상 사람 모두가 안 된다고만 했던 우리 세진이가 한 걸음 한 걸음 나아가 이렇게 꿈을 이뤄 왔듯이 말입니다.

로봇다리 세진 엄마 양정숙

PART 1

걷자, 뛰자, 날자,
넌 할 수 있어

아이들은 엄마가 생각하는 것보다
훨씬 큰 가능성을 가지고 있습니다.
엄마는 자식의 꿈을 이뤄 주는 사람입니다.
그래서 엄마는 강해야 합니다.

세진이와의
만남

부모와 자식의 인연처럼 놀라운 것이 있을까요?
서로 죽네 사네 아웅다웅하지만
이 세상에서 가장 순수하게 만나
아무 계산 없이 사는 유일한 관계일 겁니다.
부모와 자식의 만남은 운명입니다.
비록 내 속으로 낳지 않았어도 마찬가지입니다.

세진이를 처음 만난 건 1997년 대전에 살고 있을 때였습니다. 그즈음 나는 중증장애인들이 모여 사는 밀알공동체와 늘사랑 아기집이라는 장애인 시설에서 자원봉사를 하고 있었습니다. 그곳에서 마치 운명처럼 세진이가 내게 찾아왔습니다.

"정숙씨, 이 아기 좀 맡아 줘요. 잠시도 누워 있으려고 하지를 않아. 아주 울보에 떼쓰는 게 장난이 아니야. 저도 엄마 품 떠나서 낯설고 힘든 거지. 쯧쯧……."

보육사가 내게 아기를 건넸습니다. 처음 보는 아기였습니다. 며칠 전에 누군가 시설 앞에 두고 갔답니다. 6개월도 채 안 되어 보이는 핏덩이 같은 아기는 자신이 버려진 걸 아는지 자지러질 듯 울어 댔습니다. 하지만 내가 아기를 가슴에 안자 신기한 일이 일어났습니다. 아기가 울음을 뚝 그친 겁니다. 지금도 그 기억이 또렷합니다. 순간 무언가로 뒤통수를 얻어맞은 듯한 느낌이 들었습니다. 눈물이 덜 마른 채 제대로 눈도 못 뜨던 아기가 내 얼굴을 보려는 듯 눈을 찾아 맞추는 순간, 내 마음 속에 무언가 쑥 들어오는 느낌이 들었습니다. 너무 사랑스러웠습니다. 기저귀를 갈아 주기 위해 옷을 벗겼을 때 알았습니다. 아기에게 다리가 없다는 것을요. 아기는 오른손 손가락도 모두 붙어 있었습니다. 그 모습이 내게는 얼마나 애처로우면서도 예뻐 보였는지 모릅니다. 남들과 다른 모습으로 태어났지만 살겠다고 꼬물거리며 배고프다 울고 품으로 파고들며 사랑을 원하는 모습을 보니, 마치 몸에 전기가 흐르는 것처럼 찌릿한 느낌이 들었습니다. 게다가 이 녀석이 진정이 된 듯해서 내려놓고 다른 아기를 안아 주려고 하면 난리가 납니다. 또 다시 세상이 무너질 듯 울며 죽어라고 나만 찾습니다. 결국 다시 안아 주면 귀신처럼 울음을 그치고 뭔가 할 말이 있는 것처럼 눈을 맞추려고 애를 씁니다.

일이 끝나고 보육원 문을 나서는 순간까지도 아기의 울음소리가 들렸습니다. 자기를 왜 여기에 두고 혼자 가냐고 원망하는 소리 같았습니다. 집에 와서도 눈물 그렁그렁한 아기의 눈망울이 눈에 밟혔습니다. 왜 그런지 설명할 수 없지만 아기의 모습이 눈에 아른거려서 봉사를 나가지 않는 날은 일이 손에 잡히지 않았습니다. 그래서 매주 자원봉사를 갈 때면 하루 종일 그 아기를 품고 보살폈습니다. 진짜 엄마처럼요.

"네가 내 아들이라면 얼마나 좋을까."
저는 뭔가에 홀린 듯 입양 결정을 내렸습니다. 하지만 모두가 아기의 입양을 반대했습니다. 세상의 편견의 벽은 높기만 했습니다. 그때만 해도 장애아동이라고 하면 길에서 구걸하는 아이들을 먼저 떠올렸습니다. 장애아동 앵벌이 문제가 사회문제이자 인권문제로 떠오르며 보도되고 있을 때였습니다. 내게도 의심 어린 시선이 쏟아졌습니다. 입양 아동 수출 1위라는 오명을 가진 나라에서 내 나라 아이를 내 손으로 키우겠다는데 어떻게 그런 오해들을 하는지 답답하고 가슴 아팠습니다. 입양 신고를 하러 간 구청의 담당 공무원도 마찬가지였습니다.

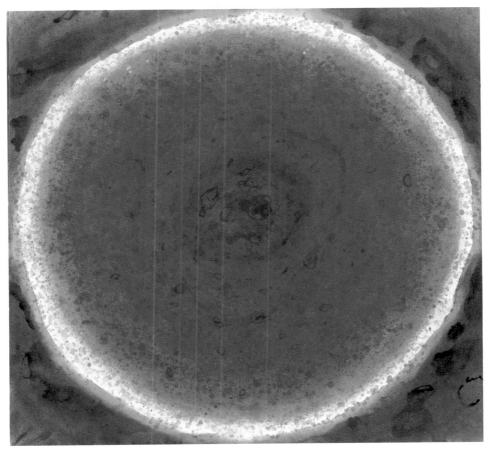

생성 공간 Acrylic on canvas, 140×160cm, 2012

잉태,
가슴으로 생명을 품다

"참 이상한 일이네요. 왜 아픈 애를, 더군다나 남자아이를 입양하려고 하시는 거죠?"

우리나라는 남자아의 경우 재산 상속 문제 때문에 입양이 잘 되지 않습니다. 거기에 더군다나 장애아라니, 이해가 가지 않는 얼굴로 내게 되묻는 이들만 주변에 가득했습니다. 하지만 나는 세진이를 호적에 올리는 일을 멈추지 않았습니다.

힘들었습니다. 왜 굳이 이 어려운 길을 가고자 하는지 회의도 들었습니다. 그러나 세진이는 이미 내 품에 안긴 그 순간부터 내 아들이었습니다. 입양은 '가슴으로 낳는다'는 말이 맞습니다. 세진이를 아들로 받아들이기 위한 모든 과정이 내가 감당해야 했던 태교의 과정이었습니다. 법원에서도 중증 장애아동의 입양 사례가 없다며 곤혹스러워했지만 어떤 일에도 처음은 있는 법이라고 설득했습니다. 반대가 많을수록 세진이와 내가 엄마와 아들의 인연으로 굳게 묶여 있다는 것을 느꼈습니다. '내가 세진이를 선택한 것이 아니라 세진이가 나를 엄마로 선택했구나.'라고 말입니다.

세진이가 온전히 내 아들이 되는 데는 무려 16개월이라는 시간이 걸렸습니다. 세진이와 처음 눈을 맞춘 바로 그날로부터 말이죠. 그 사이 시설에서 붙여 준 이재희라는 이름에서 이세진으로 이름이 바뀌었습니다. 그리고 내가 이혼을 하면서 다시 김세진으로 이름이 바뀌었습니다. 남들은 열 달이면 낳는 아이를 열여섯 달 동안 품느라 얼마나 많은 공을 들였는지 모릅니다. '어쩌다 저런 애를……'하고 혀를 차는 사람들은 정말 모르고 하는 말입니다. 얼마나 어렵게 얻은 소중한 내 아들인지를. 내 아들, 김세진 만세!

세진아,
걸어 볼까?

엄마는 자식에게 길을 열어 주는 사람이 아닐까요.
걷고 뛰고 날아갈 수 있도록 말입니다.
나는 세진이를 걷게 하기로 마음먹었습니다.

장애를 가지고 산다는 것은 탈출할 수 없는 감옥에 갇힌 것
일지도 모른다는 생각이, 세진이를 키우면서 들었습니다.
특히 대한민국에서 장애인은 코끼리 나라에서 살고 있는
병아리 같은 존재입니다. 장애아의 엄마가 된다는 것은 생
각보다 훨씬 더 힘들었습니다. 오죽했으면 친모가 몸이 불
편한 핏덩어리 세진이를 보육원 대문 앞에 놓아두고 도망

가 버렸을까 하는 생각도 들었습니다. 세상은 생각했던 것보다 훨씬 더 차갑고 거칠었습니다.

　세진이의 병명은 선천성 무형성 장애입니다. 엄마의 뱃속에서 몸이 생길 때 팔다리 형성이 제대로 이뤄지지 않아 태어날 때부터 팔다리가 온전치 못했습니다. 특히 다리는 허벅지와 무릎 부근에서 발달이 멈추어 걸을 수가 없고, 그나마 양쪽 다리의 길이와 생김이 달라서 움직임이 더 불편했습니다. 다른 아기들이 기고 걷고 할 때 세진이는 엉덩이를 질질 끌며 겨우 움직였습니다. 어릴 때야 엄마 품에서 생활하면 되지만 훗날 커서 학교에 다닐 때가 되면 저런 모습으로 친구를 사귀고 수업을 받을 수 있을까, 늘 남에게 의지하고 열등감에 시달려 하고 싶은 것들을 할 수 있는 기회마저 잃어버리진 않을까, 엄마는 모든 것이 걱정이었습니다.

　'세진이를 걷게 해야겠다.'

　그 길밖에 없었습니다. 다른 사람의 도움 없이 자신의 두 발로 굳건히 서고 힘차게 걸어야 자신의 의지대로 살 수 있습니다. 휠체어에서 바라보는 세상과 두 발로 서서 바라보는 세상은 분명 다릅니다.

　우리는 나름 인근에서 유명하다는 병원을 찾아갔습니다.

　"제 아들인데요. 아이를 걷게 하고 싶은데, 어떻게 하면 좋을까요?"

의사는 아기를 똘똘 싸맨 포대기를 열어 보더니 보호자인 내가 민망할 만큼 크게 놀라며 고개를 가로저었습니다.

"아…… 이 아이는 걷지 못하겠는데요? 어쩌다 이런 애를……. 산부인과 의사가 얘기 안 해 주던가요?"

의사는 혀를 차며 말을 줄였지만, 뱃속에 있을 때 미리 손을 썼어야지 어쩌다 이런 애를 낳았냐는 말이 목에 턱 걸린 게 보였습니다. 그래도 희망을 놓지 않고 밝은 표정으로 꼭 세진이를 걷게 하고 싶다고 설득하니까 나를 빤히 바라봅니다.

"아이고, 어머니. 될 일을 하셔야지요. 철이 없으신 건가, 세상을 모르시나, 돈이 많으신 건가……."

'돈 없다, 이 자식아!'

내 인내력도 바닥을 쳤고 피가 거꾸로 솟기 시작했지만 그 말을 입 밖에 내놓을 수는 없었습니다. 어떻게든 실낱같은 한 자락의 희망이라도 잡고 싶었으니까요. 하지만 의사가 간단명료하게 결론을 내 버렸습니다.

"아무튼 어머님, 용기가 대단하시네. 용기는 좋아요. 쯧쯧, 자식이 뭔지. 그냥 좋은 휠체어나 하나 사 주세요. 에구, 안됐네."

순간 아무 말도 할 수 없었습니다. 눈물만 나왔습니다.

그렇게 병원에서 나오는데 신발 가게가 보였습니다. 그대로 세진이를 업고 가게로 달려갔습니다. 그리고 세진이에게 신발을 사 주며 다짐했습니다.

'세진아, 엄마가 꼭 걷게 해 줄게, 걱정 마!'

훗날 그 병원 진찰실에 세진이가 두 발로 당당하게 걸어 들어가는 장면을 상상하며 세진이의 손을 꼭 잡았습니다. 이제 겨우 네 살. 앞길이 구만리 같은 내 아들, 엄마가 포기하면 끝입니다. 엄마는 절대 포기하지 않습니다.

그놈의
수술

내가 세진이에게 잘하는 썰렁한 농담이 있습니다.
"포기는 배추 셀 때나 쓰는 거야."
우리 집에서 '포기'란 말은
정말 김치 담글 때 말고는 쓰지 않습니다.

세진이를 걷게 하기 위해 수없이 고민하고 수많은 자료를
찾아봤습니다. 세진이가 걸으려면 가장 필요한 것은 두 발
이었습니다. 아예 발 자체가 없는 세진이에게 해답은 의족
밖에 없었습니다. 네 살 세진이도 뭘 아는지 의족으로 걷는
사람들의 자료나 동영상을 볼 때면 꼭 옆으로 기어와서 같
이 봅니다.

"세진아, 저 형아 너랑 똑같지? 그런데 아주 잘 걷지? 저 것 봐, 뛰어다니기도 하네!"

세진이가 컴퓨터 화면을 뚫어지게 바라보며 웃고 박수를 칩니다. 쉽게 감동하고 흥분도 잘하는 나는 그런 세진이를 보며 의욕이 하늘을 찌를 듯했습니다.

"그래, 엄마가 꼭 걷게 해 줄게. 자, 하이파이브!"

첫 번째로 찾아간 병원에서 냉정하게 거절당한 뒤로 세진이를 데리고 전국의 병원이라는 병원은 다 돌아다녔습니다. 자동차로 1년에 7만 킬로미터를 달리며 세진이를 걷게 해 줄 의사 선생님을 찾아다녔습니다. 그러던 중에 서울 세브란스병원의 신지철 교수님을 만나게 되었습니다. 그리고 처음으로 희망적인 이야기를 듣게 되었습니다.

"한 번 걷게 해 봅시다!"

믿기지 않았습니다. 세진이의 걷는 꿈이 이루어지다니요. 하지만 그 순간 또 다시 길고 긴 여정이 시작됐습니다.

세진이는 지금껏 여섯 번의 대수술을 받았습니다. 그리고 불규칙하게 성장하는 다리뼈 때문에 지금도 수술을 받고 있습니다. 걷기 위해서 말이죠. 정확히 말하면 의족을 끼우기 위해서입니다. 타고난 다리 모양이 의족조차 달기 힘든 상태라 뼈를 깎고 살을 다듬어서 의족을 끼울 수 있게 만들어야 합니다.

다섯 살에 첫 수술을 시작했습니다. 원래 세진이 오른쪽 무릎 부분에는 발 모양의 살덩이가 달려 있었습니다. 사실 발가락이 한 개 뿐인 그 발이 너무나 사랑스러웠지만 의족을 신으려면 뼈도 없이 튀어나와 있는 그 발을 떼어 내야 했습니다. 또한 요구르트 병이라도 집게 하려면 한 덩어리로 뭉쳐 있는 오른쪽 손도 가르는 수술을 받아야 했습니다. 어린아이가 받기엔 감당하기 힘든 수술이었습니다.

"엄마, 자고 올게요."

침대에 누워서 수술실로 향하는 세진이가 멋모르고 이야기했습니다. 자고 나면 다 끝난다는 간호사의 말을 철석같이 믿고 있는 모양입니다. 눈물이 그렁그렁한 제가 못 미더웠는지 한 마디 보탭니다.

"엄마, 울지 마. 어디 가면 안 돼. 여기서 기다려."

'안 간다, 이놈아. 너를 내 아들로 만들려고 그렇게 고생했는데 내가 어딜 가겠니.'

수술 시간 내내 자리를 뜨지 못했습니다. 예정보다 수술 시간이 길어졌습니다. 4시간이 넘도록 애를 태우며 잠시도 앉아 있을 수가 없어 수술실 앞을 서성였습니다. 설마, 하는 나쁜 생각이 머리를 떠나지 않았습니다. 내 욕심에 시작한 수술로 세진이를 두 번 다시 못 본다면? 머리를 쥐어뜯고 싶었습니다. 악몽 같던 시간이 지나고 드디어 세진이가 회복실로 옮겨졌습니다. 마취가 풀리며 세진이가 입을 열었습니다.

"엄마…… 괜찮아?"

엄마가 괜찮은지 먼저 물어보는 세진이를 보며 눈물이 터졌습니다.

세진이는 아픔을 잘 견디는 아이였습니다. 그에 반해 나는 세진이의 병원 생활 내내 눈물을 감추느라 애를 먹었습니다. 세진이에게 들킬까 봐 화장실에서 펑펑 울고 세진이에게 조금이라도 이상한 증세가 있으면 울면서 의사 간호사를 찾아 복도를 헤매 다녔습니다. 세진이가 한 번씩 수술을 받을 때마다 내 마음은 갈기갈기 찢어졌습니다. 수술실 밖에서 기다리다가 안에서 들리는 기계 소리에 소스라치게 놀라 정신을 잃을 뻔한 적도 있습니다. 아마 나를 본 사람들은 미친 여자라고 생각했을지도 모릅니다. 하지만 맨정신으로 버티기에는 힘든 시간들이었습니다.

마음도 마음이지만 세진이의 수술이 시작되면 생계에도 타격이 큽니다. 우리나라에는 재활병원이 많지 않아 대기 환자들이 엄청납니다.

"세진이 환자, 다음 주 월요일에 입원시키도록 하세요."

항상 대기 상태로 있다가 병원에서 갑작스런 연락이 오면 바로 보따리를 싸야 합니다. 이번 기회를 놓치면 또 언제 수술을 받을 수 있을지 기약이 없기 때문입니다. 게다가 재활이라는 특성상 치료 기간이 길 수밖에 없습니다. 적어도 2개월, 길게는 3개월까지 병원에 입원해야 합니다. 한번은 갑자기 수술 일정이 잡혀서 다니던 백화점 판매직을 그만둘 수밖에 없었습니다.

세진이의 입원 기간 동안 가장 쉽게 할 수 있는 일은 대리운전이었습니다. 낮에는 세진이를 돌보고 아이가 잠들면 밤에 나가서 일을 할 수 있으니까요. 게다가 새벽에 병원 인근 아파트에서 승용차 세차까지 하면 얼추 기본적인 생활비는 벌 수 있었습니다. 그렇게 병원에서 먹고 자고 간병하고 남들 잘 때 일하러 다니며, 정말 미친년처럼 뛰어다녔습니다.

수술에 얽힌 사연도 많습니다. 가장 마음이 아팠던 수술은 두 번째 손가락 수술이었습니다. 손가락 수술을 위해 서울까지 다니기가 너무 멀고 힘들어서 집 근처에서 하기로 했습니다. 첫 번째 수술을 한 이후라 엄지손가락을 약간 돌려서 새끼손가락과 맞닿게 하는 비교적 간단한 수술이라고 했습니다. 잘 되면 연필을 쥘 수 있다는 말에 우리는 희망에 부풀어 있었습니다. 조금 있으면 세진이도 초등학교에 입학하니까 꼭 필요한 수술이기도 했습니다. 다른 엄마들처럼 기왕이면 공부도 잘했으면 하는 욕심도 살짝은 있었지만, 사실 그보다 먼저 연필을 쥐고 물건을 잡을 수 있게 되는 것이 우리의 목표였습니다. 그래야 학교에서 다른 친구들과 함께 수업을 받을 수 있으니까요. 마음이 급했습니다. 하지만 이 두 번째 수술은, 실패했습니다.

전국적인 의료 파업으로 병원 인력이 턱없이 부족했습니다. 손가락에 박아 놓은 철사가 제대로 고정이 되지 않았습니다. 하지만 이를 바로잡아 줄 의사를 도무지 만날 수가 없었습니다. 치료가 제대로 이뤄지지 못했고 소독도 내가 직접 해야 했습니다. 심지어 실밥도 내가 뽑았습니다. 결국 돌려세운 엄지손가락이 다시 원래대로 돌아갔고 상처와 흉터만 남게 되었습니다.

파업이 끝나고 병원에 찾아가서 얼마나 울었는지 모릅니다. 우리 아들이 무슨 프랑켄슈타인이냐고, 손가락이 이게 뭐냐고, 어떻게 손가락을 이처럼 얼기설기 기워 놓을 수가 있냐고, 이 흉터를 어쩔 거냐고…… 할 말은 많았지만 바쁜 의사는 만나지도 못하고 병원 담벼락 앞에서 벽을 두드리며 울었습니다.

다행히 다음 수술에서 실력 좋은 선생님을 만나서 재수술이 성공적으로 끝났습니다. 그렇게 입원과 수술, 퇴원을 반복하며 보낸 힘든 시간 끝에 조금씩 희망의 빛이 보이기 시작했습니다.

세진이 업고
삼만 리

부모는 전생에 자식에게 큰 죄를 지어서
그 업을 갚기 위해 이번 생에서
부모의 연으로 태어났다는 말이 있습니다.
정말 '희생' 없이는 부모의 삶을 말할 수 없습니다.

월드컵이 한창이라서 온 나라가 들썩들썩 했던 2002년. 우리 모자는 수술과 재활로 정신이 없었습니다. 대전에서 일주일에 세 번씩 서울을 오가야 했기 때문입니다. 갓난아기일 때야 거뜬히 세진이를 업고 뛰어다녔지만 이제 여섯 살이 된 우리 아들은 다른 아이들 못지않은 우량아가 되어 많이 무거웠습니다.

결국 한 번 큰 탈이 났습니다. 수술 후 진료를 받기 위해 서울에 가는 길이었습니다. 다리에 붕대를 감은 세진이를 등에 업고 대전역에서 기차를 타다가 그 무게를 견디지 못하고 기차와 기차 사이에 내 다리가 빠진 것입니다. 너무 아팠지만 시간에 맞춰서 세진이를 데리고 세브란스병원에 가야 했기에 내 다리 같은 건 살필 경황이 없었습니다. 다리를 겨우 빼서 기차에 올라탔는데, 가는 도중에 통증이 엄습하면서 도저히 견딜 수가 없는 지경이 되었습니다. 나중에 엑스레이를 찍어 보니 복숭아뼈가 조각나 있었습니다.

아픈 것도 괴로웠지만 서울역에 내려서 세진이를 업고 병원에 가야 하는 일이 급한데 대책이 없었습니다.

'그래, 병원까지만 참고 가자.'

나는 미련하게 버티다가 거의 정신을 잃을 지경이 됐습니다. 결국 심상치 않은 걸 느낀 주변 사람들이 구급차를 불렀습니다. 서울역에 도착하자 기차 창밖으로 구급대원들이 보였습니다. 구세주 같았습니다. 무엇보다 세진이를 병원에 늦지 않게 데리고 갈 수 있겠다는 생각에 안도의 한숨이 절로 나왔습니다. 구급대원들은 기차에 들어오자마자 내 꼴을 보고 힘드시겠다고 한 마디 하더니 세진이를 번쩍 안고 밖으로 나가 버렸습니다.

'어라?'

눈 깜작할 사이에 나만 덩그라니 객실 안에 남았습니다.

정작 다친 사람은 나인데 붕대를 감은 세진이 모습을 보고는 세진이가 환자인줄 안 겁니다. 아픈 다리를 질질 끌며 구급대원들을 부르니 그제야 나를 바라보고 고개를 갸우뚱합니다.

병원에 도착하자마자 응급실로 실려가서 다리에 깁스를 했습니다. 깁스를 하면 불편했지만 좋은 점도 있었습니다. 다리가 불편한 게 이렇게 힘든 거구나, 세진이 마음을 새삼 깨달을 수 있었던 것입니다. 붕어빵 깁스 모자가 된 세진이와 나는 낄낄거리고 웃기도 했습니다. 하지만 다른 사람들 눈에는 우리 꼴이 말이 아니었던 모양입니다.

다시 대전으로 돌아가려고 서울역에 도착했을 때였습니다. 절룩거리며 한쪽에 목발을 짚고 덩치 큰 세진이를 업고 서울역 플랫폼에서 기차를 기다리고 있으려니 어떤 할머니가 다가와 만 원짜리 한 장을 앞에 놓았습니다.

"아이고, 불쌍해서 어쩌나……. 애기랑 따뜻한 국물이라도 좀 사먹어."

우리 괜찮아요, 라고 말할 새도 없이 멀어지는 할머니의 뒷모습을 보니 만감이 교차했습니다. 좋아해야 하나 슬퍼해야 하나. 세진이는 자신에게도 돈을 달라며 좋아합니다. 그러고 보니 유리창에 비친 우리 모자의 모습은 내가 보기에도 안타까웠습니다. 한쪽 다리에 깁스를 하고 목발 짚고 서 있는 엄마와 양 다리에 모두 깁스를 하고 엄마에게 업혀 있는 아이. 아마 내가 그런 모자를 만나도 지갑을 열지 않았을까요. 진짜로 장애아동을 입양해서 앵벌이를 시키는 꼴이 아닌가 싶어서 웃음이 나왔습니다. 내가 웃으니 세진이도 웃습니다. 우리는 또 다시 하하 웃고 말았습니다.

대전역에 도착하니 부슬부슬 비마저 내리기 시작합니다. 우산을 들 손이 없습니다. 세진이에게 비를 맞게 할 생각을 하니 걱정입니다. 감기 걸리면 안 되는데……. 한 방울이라도 덜 맞게 하기 위해 절룩거리는 다리로 비가 오는 대전역 광장을 재빠르게 가로질러 씩씩하게 집으로 돌아갔습니다.

넘어지는 법을
연습하다

걷는 것보다 걷다가 넘어졌을 때
일어나는 법을 아는 게 더 중요합니다.
혹여 못 일어나겠거든 누군가에게 손 내미는 것,
이것 또한 부끄러운 일이 아니라
용기 있는 일입니다.

처음 의족을 신고 걷는 연습을 하려니 준비할 것이 많았습니다. 제일 큰 걱정은 넘어지는 것이었습니다. 자신의 다리로 걷는 게 아니기 때문에 언제 어디서 어떻게 넘어질지 모르고 잘못하면 크게 다칠 수도 있으니까요. 세진이에게 맞는 의족을 구하려고 무진 애를 썼지만 그 당시만 해도 우리나라에는 어린이용 의족을 만드는 곳이 없었습니다. 성인

용뿐이었습니다. 눈으로 확인하기 위해 전국의 의족업체들을 돌아다녔습니다. 어렵게 어린이용 의족을 만들 수 있다는 곳을 찾았지만 열악한 시설에 한숨이 나왔습니다. 뭉툭한데다 스폰지로 둘둘 감긴 다리가 무겁기는 왜 그렇게 무거운지, 저걸 신고 우리 세진이가 걸어 다닐 수 있을까 생각하니 마음이 천근만근 무거워졌습니다. 하지만 그런 의족이라도 있어야 세진이가 걸을 수 있으니 선택의 여지가 없었습니다.

결국 세진이는 걷겠다는 희망 속에서 의족을 신었지만, 그 무게 때문에 한 걸음도 제대로 못 떼고 바로 넘어졌습니다.

"자 제대로 서 보자, 김세진!"

"아냐. 아파, 엄마. 싫어!"

불편하고 고통스러운 의족을 다리에 끼워 주고 억지로 일어서라고 하니, 아마도 엄마를 많이 원망했을 겁니다. 눈물이 그렁그렁해서는 나를 쳐다봅니다.

"할 수 있어, 없어?"

"없어, 없어요! 무겁단 말야."

"안 돼. 그래도 해야 해. 우리 세진이는 할 수 있어!"

하루 종일 이런 대화가 오갑니다. 일주일 정도 실랑이 끝에 조금씩 익숙해졌는지 한 번 일어서면 몇 분씩 버티기 시작했습니다. 장한 내 아들!

이제는 보조해 주는 워커를 멀리 치웠습니다.

"혼자 한 번 서 보자!"

"아냐, 싫어! 엄마, 무서워요."

"안 무서워. 꾀부리지 마. 우리 세진이는 할 수 있어!"

잡을 것 없이 정면을 바라보고 서는 훈련도 몇 주간 계속되었습니다. 넘어질까 봐 불안한지 세진이는 다리에 힘을 꽉 주고 바닥만 쳐다봅니다. 어렸을 적에 나도 체조를 했기 때문에 저런 몸으로 균형을 잡는다는 게 얼마나 어려운지 압니다. 마치 한쪽 무릎만으로 몸을 세우고 버티라는 것과 같습니다. 세진이의 무릎이 얼마나 아플까요. 낮에는 할 수 있다고 꾀부리지 말라고 호령을 하지만 밤에는 자고 있는 세진이의 빨개진 무릎을 쓰다듬으며 눈물 흘릴 수밖에 없었습니다.

그래도 시간은 갔고 세진이도 조금씩 나아졌습니다. 보조기구 없이 의족을 신은 채 제법 균형을 잡기 시작했습니다. 다음 단계는 밖으로 나가는 것입니다. 하지만 이건 왠지 저도 자신이 없습니다. 이대로 나가면 조금만 환경이 달라져도 딱딱한 바닥에 나동그라져 다칠 게 뻔합니다. 번뜩 한 가지 생각이 떠올랐습니다. 거실 전체에 이불을 죽 깔아 놓고 세진이를 중간에 세웠습니다. 시련을 마주하기 전에 시련에 강해지는 방법을 훈련해야 합니다. 나는 어렵게 중심을 잡고 선 세진이를 밀어 넘어뜨렸습니다. 세진이가 놀라

울음을 터뜨렸습니다. 넘어지는 연습을 시작한 겁니다.

"일어나. 잘 넘어지란 말이야. 넘어지는 연습을 하지 않으면 길바닥에서 호되게 다쳐서 앞으로 영원히 못 일어날 수도 있어. 어서 일어나!"

힘들게 다시 일어난 세진이를 넘어뜨리고 또 넘어뜨렸습니다. 설거지하러 가면서 밀고, 빨래 널러 가면서 밀고, 집안일 하러 오가며 계속 아이를 밀어서 넘어지게 했습니다.

아픈 아이를 학대한다는 오해도 받았습니다. 이웃들이 세진이의 울음소리를 듣고 신고를 하기도 했습니다. 세진이도 엄마가 미웠겠지요. 하지만 세진이를 걷게 하기 위해서는 나쁜 엄마가 되는 길밖에 없었습니다. 세진이 울음소리가 대문을 넘고 주변에서 욕을 해도 나는 그만두지 않았습니다. 방향도 이쪽저쪽 다양한 각도로 밀어 넘어뜨렸습니다. 어느 쪽으로 넘어뜨릴지 몰라서 세진이는 내가 다가갈 때마다 겁에 질린 채 울음을 터뜨렸습니다. 그러면서 긴장을 하고 점점 더 넘어지지 않으려고 애를 쓰고 똑바로 서려고 노력하는 것이 보였습니다. 그럴수록 더 넘어뜨렸습니다. 이리 넘어져 울고 저리 넘어져 울고……. 넘어질 때마다 다리가 아프다 난리였고 무릎은 벌겋게 부어올랐습니다.

밤마다 다친 부위에 약을 발라 주며 잠든 세진이를 부둥켜안고 그제야 미안하다며 혼자 울었습니다. 그래도 역시 시간은 흘러갔습니다. 세진이도 서 있는 것에 익숙해졌고 더 이상 넘어지는 것을 두려워하지 않게 되었습니다.

"엄마, 만화 채널 볼래."

이제는 바닥을 보지 않고 제법 앞을 보며 서 있게 되었습니다. 텔레비전 프로그램에 열중한 세진이에게 슬쩍 다가가 넘어뜨려도 오뚜기처럼 다시 일어나서 또 방송을 봅니다. 재미있다고 웃고, 넘어져도 다시 일어나서 만화를 보며 웃습니다. 만화 주제가를 흥얼거리며 박자도 맞추고, 〈방귀 대장 뿡뿡이〉를 볼 때면 엉덩이를 실룩거리며 방귀를 뀌어대는 여유도 부립니다.

"엄마, 나 좀 봐요. 뿌웅~! 이제 나 서서 다 할 수 있어. 넘어져도 안 아파요."

세진이의 밝은 얼굴을 보며 나도 얼굴에 한가득 엄마 미소를 짓지만 머릿속은 벌써 다음을 향해 달려갑니다.

'그래. 잘했다, 내 아들. 하지만 이게 끝이 아니란다. 흐흐흐……'

넘어질줄 안다면 이제 걸어도 될 겁니다. 밖으로 나갈 준비를 했습니다. 이불이 깔린 방에서 서 있는 것과 거친 아스팔트와 날카로운 돌멩이들이 가득한 길을 걷는 것은 차원이 다른 일입니다.

'세진아, 다시 시작이다!'

이번엔
걷기다

나는 남들이 말하는 '좋은 엄마'는 아닙니다.
무섭고 엄할 때가 더 많은 호랑이 엄마였습니다.
오냐 오냐, 뜻 받들어 주며 맘 좋은 엄마 노릇만 하기에는
세진이의 갈 길이 너무 멀고 험했습니다.

세진이가 중요한 단계에 왔습니다. 그동안 흘렸던 땀과 눈물이 결실을 맺어야 할 시간입니다. 무릎에 피멍이 들도록 노력했던 이유는 바로 걷기 위해서입니다. 넘어지고 또 넘어져도 다시 일어나야 했던 이유가 바로 걷기 위해서입니다. 울고 있는 세진이를 다그치고 혼낸 이유도 바로 걷기 위해서입니다. 사람들이 당연하게 생각하는 걷는다는 것이

우리 모자에겐 무모한 도전이었습니다.

　종이를 한 장씩 바닥에 붙여 놓고 그 위에 세진이가 좋아하는 딱지를 하나씩 올려 놓았습니다. 그런 방법으로 종이 밟기 놀이를 했습니다. 세진이는 의족을 신고 힘겹게 두 다리를 옮깁니다. 하지만 걷는 게 아니라 다리를 질질 끌고 다니는 것처럼 보입니다. 도저히 걷고 있다고 말하기 힘들었습니다.

　"왜 걸으려고 안 하는 거야, 응? 걷기 싫은 거야?"

　세진이라고 왜 걸으려고 하지 않았겠습니까. 불편한 의족을 끼우고 얼굴이 땀범벅이 된 채 최선을 다하는 모습을 보면서도 더 잘하라고 윽박지르는 내 자신이 정말 미웠습니다. 하지만 걸어야 했습니다.

　"안 돼! 하나, 둘! 할 수 있어! 중심 잡고, 옳지! 어이, 김세진 꾀부린다, 꾀부려! 다시! 우리 세진이는 할 수 있다고! 걷는다고!"

　나는 목소리가 큽니다. 보통 사람들보다 톤도 높습니다. 그 크고 높은 목소리로 군대의 호랑이 교관처럼 구호를 외치며 독려했습니다. 안 하겠다는 말이 통하지 않자 세진이가 꾀부리기를 포기했습니다. 무거워 낑낑대면서도 움직이기 시작했습니다. 때로는 어르고 때로는 화내고 소리 지르며 훈련을 계속했습니다. 아주 조금씩 걸음걸이가 나아지기 시작했습니다.

한번은 세진이가 중심을 잃고 넘어졌습니다. 의족을 감싸고 있던 스펀지가 찢어지면서 의족의 내부가 드러났습니다. 충격이었습니다. 전국을 돌며 간신히 찾아낸 아동용 의족이 아동용이 아니었습니다. 성인용이었습니다. 의족에 대해 워낙 많이 조사하고 공부한 탓에 나 역시 어느 정도 의족 전문가가 되었습니다. 성인용은 아동용과 다른 시스템으로 만들어집니다. 무게도 그렇거니와 꺾어지는 각도 같은 것이 많이 다릅니다. 우리에게 의족을 판 업자가 돈벌이에 급급해 성인용 의족을 아동용이라 속이고 판매한 것이었습니다. 그동안 어린 아이한테 280밀리미터짜리 신발을 신겨 놓고 뛰라고 한 것과 다를 바 없었다는 걸 깨닫는 순간 설움이 복받쳤습니다.

"세진아, 미안하다, 미안해. 엄마가 모자라고 멍청해서 우리 아들을 고생시켰구나."

"엄마, 울지 마, 내가 할게. 내가 걸을게."

영문도 모르고 세진이도 나를 따라 웁니다.

그렇게 6개월의 시간이 흘렀습니다. 그러는 사이에 세진이의 걸음걸이가 달라지기 시작했습니다. 다리를 질질 끌며 걸었는데 이제 한 발짝씩 떼며 걸을 수 있게 된 것입니다. 뒤뚱거리긴 했지만 그것은 분명히 '걸음'이었습니다. 내게는 닐 암스트롱이 달에서 첫발을 디딘 것 이상으로 위대한 도약이었습니다.

　드디어 밖으로 나갔습니다. 꿈에 그리던 외출이었습니다. 여전히 위태위태했기 때문에 늘 그림자처럼 곁을 지켜야 했지만 내 눈에는 세진이의 걸음걸이가 그렇게 예쁠 수가 없었습니다. 행복했습니다. 우리 아이가 제 발로 세상으로 나왔으니까요. 물론 작은 턱 하나 계단 하나도 세진이에겐 큰 도전의 대상이었습니다. 매번 넘어지고 울고 애처로운 눈으로 나를 바라보아도 나는 똑같이 높고 큰소리로 이야기했습니다.

　"안 돼. 해야 돼. 우리 세진이는 할 수 있어! 하나, 둘. 세진이 걷는다, 걸어!"

　어느 날 50여 미터 떨어진 놀이터까지 먼 여행을 갔습니다. 뒤뚱뒤뚱 넘어질 듯 넘어질 듯 안 넘어지고 숱한 장애물들을 넘어 놀이터에 도착했습니다. 미끄럼틀이 보였습니다.

　"세진아, 미끄럼틀 한번 타 볼까?"

　순간 세진이 얼굴에 불안한 표정이 가득합니다. 이건 또 무슨 훈련인가, 싫다는 소리도 못 하고 찔찔 짜기 시작합니다. 마귀할멈처럼 세진이를 꾀었습니다. 이런 걸 탈 줄 알아야 친구도 사귀고 신나게 놀 수 있다고. 세진이는 미끄럼틀 계단을 힘겹게 하나하나 오르기 시작했습니다. 조마조마했습니다. 그러고는 쫘악 미끄럼틀을 타고 내려왔습니다.

"우와! 재미있어, 엄마!"

안 탄다고 할 때는 언제고 이제 계속 미끄럼틀을 타며 좋아라 합니다. 해가 저물기 시작하는데 세진이의 미끄럼틀 놀이는 끝날 기미가 보이지 않았습니다. 하나하나 도전하고 성공하며 세진이는 조금씩 자신감을 얻어가고 있었습니다. 넘어져야 일어설 수 있고, 일어서야 걸을 수 있고, 걸어야 꿈을 꿀 수 있다는 것을 세진이가 알아가고 있었습니다. 자신감에 차 있는 세진이 얼굴은 장동건, 원빈의 얼굴과 비교조차 되지 않습니다. 내 눈엔 세상에서 제일 잘생기고 멋진 얼굴입니다.

신데렐라
신발 찾기

엄마 손은 어쩌면 보이지 않는 손이 아닐까 생각해 봅니다.
보이지 않게 자식을 위해 주는 손.
앞에선 엄하고 뒤에선 어루만져 주는 손.
그래서 엄마 손을 약손이라고 하나 봅니다.

의족을 낀 다리는 붓고 까져 상처 나기 일쑤였습니다. 어떻게 하면 세진이가 아프지 않게 의족을 끼고 걸을 수 있을까 여기저기 알아보며 연구를 시작했습니다. 세진이와 함께 텔레비전에서 본 소림사 영화가 생각났습니다. 주인공이 손을 단련시키기 위해 불에 달군 뜨거운 모래에 손을 집어넣는 장면이었습니다.

'아, 저렇게 하면 손이 강해지는구나. 그렇다면?'

프라이팬에 모래를 달궈 손수건에 싸서 세진이의 수술한 다리에 감쌌습니다. 뜨거운 기운에 세진이가 깜짝 놀라 묻습니다.

"엄마, 이제 나 소림사에 보내는 거야?"

알로에가 피부 재생에 좋다는 화장품 광고를 잡지에서 보았습니다. 그 길로 알로에 잎을 사서 껍질을 벗겨 내고 냉동실에 얼려서 감자 깎는 칼로 얇게 저며 환부에 붙였습니다. 다리를 번갈아 뜨겁고 차갑게 하니 피부가 조금씩 단단해지고 외부 자극에 적응도 되어 효과가 좋았습니다. 하지만 근본적인 대책이 필요했습니다. 성인용 의족이 아니라 세진이에게 꼭 맞는, 신데렐라 구두 같은 의족이 절실했습니다.

사실 의족은 값이 무척 비쌉니다. 당시 도시 외곽의 아파트 전세값 정도 됐습니다. 그래도 새로운 의족을 찾아다녔습니다. 세진이 의족을 사기 위해 실제로 전세금을 빼서 돈을 마련한 적도 있었습니다. 돈의 출처는 문제가 아니었습니다. 대리운전을 하고 세차를 하고 가사도우미를 하면 어떻게든 생활비는 마련할 수 있으니까요.

문제는 아무리 비싼 값을 치러도 한국에서는 세진이에게 맞는 제대로 된 의족을 구할 수 없다는 것이었습니다. 그러다가 영국이나 독일과 같은 유럽의 복지 선진국들은 장애인을 위한 사회 시스템이 잘 갖춰져 있어서 세진이에게 맞는 의족을 구할 수 있으리라는 생각이 들었습니다. 영어를 잘하는 분에게 부탁해서 세계에서 가장 유명한 의족 제작업자들에게 메일을 보냈습니다. 답장이 안 와도 보내고 또 보냈습니다. 너무나 많이 자주 보낸 탓에 스팸메일로 분류되었을지도 모릅니다. 그러던 어느 날 독일의 '랄프 펠라작'이라는 의족 기술자와 연락이 닿았습니다. 독일은 의족이 가장 발전된 나라였습니다.

랄프 씨는 일본과 호주에 세미나를 다니다가 세진이의 사연을 듣게 되었고, 한국에 들러 세진이를 만나고 싶다고 했습니다. 정말 하늘로 날아오를 듯 기뻤습니다. '신의 손'이라 불릴 정도로 세계적인 명성을 갖고 있는 의족 기술자와 팀이 셋 정도 있는데, 랄프 씨는 그 세 팀 중 하나였기 때문입니다. 그런 사람들이 일부러 한국까지 찾아와서 세진이의 의족을 직접 만들어 주겠다는 것입니다.

랄프 씨는 구세주였습니다. 그가 직접 만든 의족은 세진이에게 꼭 맞았습니다. 예전 의족이 중국산 짝퉁 중고차였다면 랄프의 의족은 독일산 벤츠였습니다. 재질부터 달랐습니다. 스폰지 쇠뭉치가 아니라 가볍고 날렵한 티타늄이었습니다. 그걸 신고 걷는 세진이의 모습은 내 눈에는 마치

패션모델이 워킹하는 것처럼 아름답게 보였습니다. 그렇게 우아할 수가 없었습니다. 지금까지도 국제 수영대회에 참가하기 위해 해외에 나가면 랄프 씨가 직접 찾아와 세진이의 다리를 고쳐 줍니다. 키가 커질 때마다 새롭게 제작해 주기도 하고요. 수없이 보낸 메일은 결코 헛된 정성이 아니었습니다.

랄프 씨의 의족을 신기 시작한 것이 초등학교 1학년 무렵입니다. 그때부터 세진이의 걸음은 순식간에 몇 단계 도약했습니다. 세진이 스스로도 걷기에 자신감이 붙었습니다. 이제 혼자서도 동네 놀이터쯤은 쉽게 다녀옵니다. 처음에 그렇게 멀게만 느껴졌던 놀이터가 말 그대로 세진이의 놀이터가 된 셈이죠. 걷기 시작하니까 이 녀석이 혼자서도 막 나가려고 하고 동네방네 참견하며 안 돌아다니는 데가 없습니다. 뜀박질만 못할 뿐이지 긴 바지를 입으면 의족을 신고 걷는지 주의 깊게 보지 않으면 알아채기 힘들 정도로 나날이 발전했습니다. 눈물 콧물 다 빼면서 연습한 결과였습니다.

세진이의 담당 의사인 신지철 교수님은 이런 세진이를 무척 기특해하고 아끼셨습니다. 나날이 향상되는 세진이의 걷기 실력에 혀를 내두르셨습니다. 한번은 세진이 앞에서 나를 혼내셨습니다.

　"세진 어머니. 세진이가 이렇게 발전하는 모습을 보면 대견하기도 하지만 그 뒤에서 어머니가 얼마나 혹독하게 연습시켰는지 안 봐도 알겠습니다. 보통 연습으로는 이건 불가능해요. 이제 세진이 걷는 거 너무 훌륭하니까 그만 호랑이처럼 시키세요. 살살 해도 너무 잘 할 아이입니다."

　"아니에요, 교수님. 지금은 세진이가 다 알아서 해요. 제가 시키지 않아도 걷는 걸 너무 좋아해요."

　내 대답이 채 끝나기도 전에 교수님이 세진이를 바라보았습니다. 세진이 녀석이 실실 웃으며 고개를 가로젓습니다. 교수님이 옳다구나 합니다. 덕분에 삼십 분 넘게 세진이 앞에서 교수님께 잔소리를 들어야 했습니다.

　신 교수님은 진료 때마다 세진이에게 숙제를 하나씩 주시는데 우린 언제나 교수님의 예상을 10배 앞서갔습니다. 얼마나 기특해하셨는지, 교수님은 세진이가 입원해 있을 때면 회진을 돌 때 항상 세진이를 제일 먼저 찾습니다. 그러고 나면 레지던트와 인턴들 사이에 세진이가 함께 서서 걸으며 회진을 돕니다.

　"이 아이를 보세요. 환자분보다 더 어려운 조건에서도 이렇게 잘 걷습니다. 포기하시면 안 됩니다. 옳지! 세진아, 한 번 걸어 봐라. 그래, 그렇지!"

세진이가 자신의 한계를 극복하고 노력하는 모습이 다른 사람들에게 희망이 되고 용기가 된다는 걸 그때 알았습니다. 이제 세진이의 꿈은 혼자서만 꾸는 꿈이 아닙니다. 모두에게 희망을 주는 꿈입니다. 처음 세진이를 입양하려고 했을 때 나는 내 자신이 세진이에게 큰 도움이 되기를 간절히 원했습니다. 그런데 키우면서 알게 되었습니다. 오히려 세진이가 내게 커다란 힘이 되고 있다는 사실을 말입니다. 그저 세진이에게 감사할 뿐입니다.

이제
어디 갈까?

———

내가 할 수 있다고 아이도 할 거라고 생각하면 안 됩니다.
세진이가 힘들어 하면 나도 세진이와 같은 조건으로 움직였습니다.
다리에 깁스를 하고 걷기도 하고
타이어를 허리에 매고 산을 오르기도 했습니다.

계룡산에 올라 보기로 마음먹었습니다. 이제 세진이는 평
지는 큰 어려움 없이 잘 걷습니다. 그런데 사람이 살아가면
서 평지만 걷는 것은 아닙니다. 때론 산을 오르고 때론 물
을 건너기도 해야죠. 대전 집에서 가까운 계룡산을 택했습
니다. 계룡산은 정기가 좋아서 도인들이 도를 닦는 곳으로
도 유명하다고 하니까 마침 잘 됐습니다. 세진이와 등산하

며 경치도 즐기고 좋은 기를 듬뿍 받으러 가기로 마음먹었습니다.

"세진아, 우리 계룡산 가자!"

"우와, 거기가 어디에요? 엄마, 계룡산 멋있어?"

차를 타고 올라가는줄 알고 세진이가 시원스레 대답했습니다.

"옛날부터 조상들의 정기가 가득한 진짜 멋있는 산이야. 우리가 걸어서 정상에 올라가는 거야!"

세진이의 얼굴이 어두워집니다. 힘들게 서고 걸었더니 이제 등산이라니……. 세진이의 마음은 짐작이 됐지만 어차피 넘어야 할 산이라면 빨리 올라야 하는 법.

"한번 해 보자. 산을 오르는 기분 느껴보고 싶지 않아? 정말 좋아!"

"그래도…… 땅에서 걷는 것하고 산을 오르는 건 다르잖아요. 의족 때문에 아프면 어떻게 해요. 의족 신고 등산할 수 있는 것 맞아요?"

"음…… 의족을 신고도 할 수 있느냐? 그럼 엄마도 똑같이 하고 산을 오를게."

"어떻게?"

"나는 타이어를 허리에 매고 오르는 거야. 만화에서 힘든 훈련할 때 하는 것처럼. 어때?"

"헐……."

나는 정말로 허리에 타이어를 맸습니다. 의족을 한 아들과 타이어를 맨 엄마. 유별난 모자가 아닐 수 없었습니다. 세진이가 사람들이 쳐다본다며 타이어를 빼라고 했지만 오히려 타이어를 매고 뭐가 어떠냐며 춤을 추면서 세진이를 웃겼습니다. 자꾸 창피하다고 하면 노래까지 부를 거라고 했더니 조용해졌습니다.

우린 서로 손을 잡고 올라가기 시작했습니다. 생각보다 힘들지 않았습니다. 다른 사람들을 신경 쓸 필요도 없고 경쟁할 필요도 없었습니다. 우리 둘만의 싸움. 천천히 숨을 깊게 들이마시며 한 발 한 발 산 정상을 향해 오르고 또 올랐습니다. 흥얼흥얼 노래도 부르면서 말입니다. 물론 타이어가 무거워서 땀이 비 오듯 쏟아졌습니다. 두 다리에 무거운 의족을 낀 채 산을 오르는 세진이는 아마도 훨씬 더 힘들었을 겁니다.

결코 오르지 못할 것 같은 정상이 그렇게 우리 모자 앞으로 다가왔습니다. 드디어 정상! 그때 산꼭대기에서 바라본 풍경은 결코 잊을 수가 없습니다. 세진이가 의족을 낀 채 가장 오래 견딘 날이기도 했습니다. 세진이도 나도 너무 지쳐서 숨조차 쉬기 힘들었지만 정상에 오른 기쁨은 훨씬 컸습니다.

세진이를 연습시키고 다그칠 때 항상 잊지 않는 게 있습니다. 내가 쉽게 할 수 있다고 아이도 쉽게 할 거란 생각은 잘못이라는 겁니다. 그래서 세진이와 같은 조건으로 하려고 노력을 많이 했습니다. 때론 내 다리에 깁스를 해놓고 세진이와 함께 걷기도 하고 타이어를 허리에 매고 산을 오르기도 했습니다. 다리에 모래주머니도 찼습니다. 세진이가 기어다닐 무렵엔 나도 무릎으로 기면서 눈높이를 함께 맞춰 주었습니다. 그래야 아이가 자신과 함께해 주는 엄마의 존재를 진정으로 믿고 따를 것 같았습니다. 그리고 내가 못하는 것을 자식에게 강요하면 안 되니까요.

하지만 계룡산 정상에서 하산할 때는 다른 방법을 동원해야 했습니다. 정상에 오른 기쁨도 잠시. 새벽에 출발했지만 하나는 느릿느릿한 의족으로, 다른 하나는 타이어를 매고 거북이처럼 올라온 탓에 해는 이미 지고 어둑어둑해졌습니다. 겁이 났습니다. 이미 둘 다 쓰러지기 일보 직전이었습니다. 산은 오르는 것보다 내려가는 게 위험하다는 것쯤은 알고 있었습니다. 게다가 의족을 신은 세진이에게 밤길 하산은 너무 위험했습니다.

'이건 비상이다.'

주머니에서 휴대폰을 꺼냈습니다. 119를 눌렀습니다. 말할 기운도 없어 헉헉거리며 구조 요청을 했습니다.

"살려 주세요. 산을 내려갈 수가 없어요."

심상 풍경 Acrylic on canvas, 70×70cm, 2011

산에 꽃 피는
내 인생의 도전

뻗어 있던 세진이가 한 마디 했습니다.

"그러니까 타이어 빼라고 했잖아요."

"이놈 자식, 너 자꾸 그러면 구조대 아저씨들 왔을 때 이 대로 뻗어서 타이어 매고 버둥버둥 춤 추고 노래한다!"

세진이가 어이없다는 듯 웃음을 터뜨렸습니다. 나는 진짜로 뒤집어진 거북이 마냥 타이어를 깔고 누워서 버둥대며 노래를 불렀습니다. 지쳐 널브러졌던 세진이도 웃느라 정신을 못 차립니다. 둘이 산귀신 마냥 산 정상에 누워 웃어대다가 구조대의 도움으로 무사히 내려와 집에 돌아왔습니다. 지금도 그때 고생하시던 구조대원분들께는 죄송한 마음입니다.

자신감이 붙었습니다. 세진이도 점점 새로운 것을 해내고 배우는 데 흥미를 갖기 시작했습니다. 균형 잡는 데 좋다고 해서 자전거와 승마를 시켰고, 짧고 힘이 없는 팔에 힘을 길러 주려고 골프도 치게 했고, 두 팔을 균형 있게 발달시켜야겠다는 생각에서 드럼을 배우게 했습니다. 또 움직임을 부드럽게 하기 위해 리듬을 타게 하려고 라틴 댄스도 시켜 보았습니다.

시작은 계룡산이었지만 훗날 세진이는 로키산에도 올랐습니다. 처음 발 걸음을 떼던 세진이의 모습을 생각하면 상상하기도 힘든 일입니다. 세진이가 춤을 추고 자전거를 타고 산을 오르다니요. 물론 그 모든 도전에 엄마도 함께했습니다. 로키산에 오를 때는 너무 힘들어서 등반 내내 인간의 한계란 이런 것인가 생각했지만 세진이 손을 이끌고 기어이 정상을 밟았습니다. 아무리 힘든 일을 겪어도 나는 혼자가 아니다, 엄마가 함께한다는 확신을 세진이가 갖기 시작했습니다.

마라톤
5킬로미터

아이들은 영리합니다.
엄마가 게으름 피우며 입으로만 하는 훈계는 금방 알아차립니다.
'할 수 있다'는 말은 말로 끝내서는 안 됩니다.
엄마가 몸으로 함께 할 때, 아이들은 아무리 지쳐도
언젠가 결승점에 도달한다는 것을 깨닫게 됩니다.

2005년 테리 폭스 마라톤 대회가 서울에서 열렸습니다. 캐나다의 운동선수이자 암 연구 활동가이기도 한 테리 폭스는 골육종을 앓은 탓에 열아홉 살에 한쪽 다리를 절단했습니다. 하지만 용기를 잃지 않고 암 연구 기금을 조성하기 위해 의족을 끼고 '희망의 마라톤'을 시작한 의지의 사나이입니다. 테리 폭스는 143일 동안 의족으로 쉬지 않고 5000

킬로미터를 넘게 달렸습니다. 거의 매일 마라톤 풀코스를 달린 셈이죠. 결국 암이 폐까지 전이되어 목표 지점을 코앞에 두고 마라톤을 중단할 수밖에 없었지만 캐나다인들에게 뜨거운 감동을 안겨 주었습니다. 그가 모은 암 기금만 5억 달러가 넘었습니다. 그의 업적을 기리기 위해 지금도 매년 60개국에서 마라톤 대회가 열립니다. 장애인이든 비장애인이든 누구나 암 연구를 위한 참가비만 내면 참가할 수 있습니다.

텔레비전에서 테리 폭스 마라톤 대회가 열린다는 뉴스를 보고 나와 세진이는 감동을 받았습니다. 하지만 마라톤이 뭔지 여덟 살이던 세진이는 알지 못했습니다.

"엄마 저렇게 계속 뛰면 힘들지 않아요?"

"힘들지. 하지만 그게 마라톤이라는 거야. 오죽하면 자기 자신과의 싸움이라고 하겠니."

"나와의 싸움?"

"진짜 멋지지? 세진아, 우리도 한번 해 볼까?"

"진짜 멋지긴 한데……, 진짜 힘들 것 같아요."

"저 많은 사람들이 힘들기만 하면 뛰겠니? 엄마도 같이 뛸 텐데. 아무렴 엄마가 너 혼자만 보내겠냐. 연약한 엄마도 뛰는데 사내 녀석이 미리부터 겁먹으면 안 되는 거 아냐? 우리 세진이는 할 수 있어!"

그 순간 이미 결정이 났습니다. 세진이를 꾀어 테리 폭스 마라톤 대회에 나가기로 했습니다. 세진이 앞에서는 '할 수 있다'를 외쳤지만 솔직히 걱정이 됐습니다. 아무리 생각해 봐도 세진이가 완주하는 길은 세진이에게 자신도 남들처럼 할 수 있다는 확신을 주는 것뿐이었습니다.

마라톤 당일, 나는 오른발을 뒤로 묶고 무릎에 의족을 채웠습니다. 여덟 살의 어린 나이에 의족을 찬 다리로 도전하겠다는 세진이 옆에서 엄마가 멀쩡한 다리로 뛸 수는 없는 노릇이었습니다. 아무리 힘든 순간에도 옆에 가장 든든한 지원군인 엄마가 있다는 사실을 잊지 않게 해 주고 싶었습니다.

"엄마, 우리 너무 유별난 것 같아요. 엄마는 의족 안 해도 돼요. 그냥 가요."

창피한 듯 말했지만 세진이의 눈에 안도의 빛이 돌았습니다. 출발 신호탄이 터지고 사람들이 앞으로 쏟아져 달려 나가기 시작했습니다. 세진이와 나는 천천히 걸어 나갔습니다. 1킬로미터, 2킬로미터……, 시간이 갈수록 역시 꼴찌는 우리가 맡아 놓은 자리였습니다.

절반을 넘어서면서부터는 뒤에서 차들이 경적을 울려 댔습니다. 마라톤 대회를 위한 차선 확보 시간이 끝난 겁니다. 우린 차도에서 인도로 올라와야 했습니다. 5킬로미터의 단축마라톤이지만 세진이에겐 무척 긴 거리입니다. 그런데 우리에겐 이게 처음이 아니었습니다. 우린 늘 함께 힘든 길을 걸어왔습니다. 세진이에게 농담도 하고 격려도 하고 노래도 불러 주며, 무작정 걸었습니다. 의족을 하고 집 밖으로 처음 나왔을 때, 산에 오를 때 그랬던 것처럼. 선수들이 하나도 없어서 때로는 이 길이 맞는지 잘못된 길인지 두리번거리기도 했지만 상관없었습니다. 둘이 함께라면 그걸로 됐습니다. 손을 잡고 계속 걸었습니다.

도대체 시간이 얼마나 지났는지도 아득해질 무렵 결승점이 보였습니다. 이미 대회는 파장 분위기였지만 이 또한 상관없었습니다. 세진이도 가쁜 숨을 몰아쉬며 즐거워했습니다. 그리고 깨달았습니다. 계속 걷다 보면 아무리 느려도 언젠가 결승점에 도착한다는 것을요. 결승점에서 나는 큰 소리로 만세를 불렀습니다. 세진이도 마지막 힘을 다해 만세를 불렀습니다.

마라톤이 끝나고 억지로 묶어 의족을 채웠던 내 한쪽 다리는 그만 무릎이 많이 상해서 진짜 깁스를 하고 말았습니다. 세진이 엄마만이 가질 수 있는 영광의 상처였습니다.

걸어서
하늘까지

한번 성취감을 느낀 아이는 달라집니다.
걷고 등산 하고 마라톤을 하면서 세진이는 점점 달라졌습니다.
목표를 성취했을 때의 짜릿한 희열과 보람을 느껴 본 뒤에는
일상의 다른 면면들 또한 달라지기 시작했습니다.

내친 김에 10킬로미터 마라톤에도 도전해 보기로 했습니다. 제1회 해양수산부장관배 마라톤 대회가 한강에서 열린다고 했습니다. 지난 번에 참가했던 5킬로미터 마라톤 대회의 딱 두 배입니다. 이번에는 세진이가 먼저 참가하겠다고 열정을 불태웠습니다. 이유가 있었습니다. 세진이가 완주할 경우에 주최측에서 휠체어를 탑재할 수 있는 리프트가 달

려 있는 승합차를 주기로 약속했기 때문입니다. 무려 4000
만 원에 달하는 선물입니다.

"엄마, 우리 이거 받아서 기부하자!"

우리가 자원봉사를 나가고 있는 대전에 있는 모두사랑
장애인학교에 기증하고 싶다는 것입니다.

"이 차가 있으면 거기에 있는 아이들도 학교에 다닐 수
있을 거야."

세진이가 이런 대견한 말을 하다니……. 정말 아들 하나
는 기가 막히게 잘 키운 것 같습니다. 자신은 두 다리로 뚜
벅 뚜벅 잘 다니니까 그런 차가 필요 없답니다. 세진이는
신이 나서 출전 제의가 오자마자 벌써 주최측과 장애인학
교에 이야기를 해 버렸습니다.

'그래도 이놈의 자식, 미리 나하고 상의를 좀 하지. 우리
차도 수명이 다해서 날마다 오늘 내일 하고 있는데……, 알
고는 있는지……. 내 참.'

세진이의 의족을 만들어 준 랄프 씨도 이번 대회에 오기
로 했습니다. 세진이가 오랜 시간 걷는 모습을 보며 의족을
좀 더 개량해 주고 싶다고 했습니다. 사실 이렇게 도움을
받고, 받은 도움을 다른 이에게 베푸는 삶이야말로 내가 꿈
꾸던 것입니다.

"우리 아들 너무 기특해!"

"윽! 엄마, 숨 막혀……."

정말 하루 종일 꺼안고 있어도 사랑스러운 아들입니다.

행사 당일, 랄프 씨가 인라인 스케이트를 타고 대회장에 도착했습니다.

"멀리서 보니 의족인줄 모르겠던데?"

갈수록 향상되어가는 세진이의 걸음걸이에 랄프 씨도 놀랐습니다. 세진이의 의족을 찾아 여기저기 편지 보내던 때가 언제인지 모르게 전문가가 놀랄 정도로 멋지게 걷는 세진이를 보니 마음이 뿌듯해졌습니다.

"탕!"

드디어 출발 신호가 울렸습니다.

나와 랄프 씨가 세진이 곁에서 응원을 하며 빠른 걸음으로 내딛기 시작했습니다. 중간에 힘에 부치면 천천히 걷기도 하고 노래도 불렀습니다. 그런데 역시 10킬로미터는 5킬로미터와는 차원이 달랐습니다. 불과 결승점을 1킬로미터 앞두고 세진이가 탈진한 것입니다.

"엉엉, 엄마…… 더는 못 갈 것 같아. 못 하겠어요. 너무 힘들어…….'

다시 세진이 입에서 못 하겠다는 말이 나왔습니다. 지금 앞에 있는 이 길이 세진이가 갈 수 있는 길인가 못 가는 길인가. 이 마라톤이 문제가 아니라 앞으로의 일들이 머릿속을 어지럽게 만들었습니다. 10킬로미터는 무리일까. 아예 다리가 고장나 버리면 어쩌나. 평소엔 할 수 있다고 외쳤지만 이번엔 진심으로 걱정이 됐습니다. 마음 같아선 그만 걷게 하고 그늘로 들어가 세진이를 쉬게 하고 싶었습니다. 하지만 정작 입에서는 모진 말이 튀어나왔습니다.

"세진아. 우리가 마라톤을 하기 전에 많이 고민하고 의논했지, 그치? 그리고 너 스스로 하겠다고 도전했잖아. 지금 딱 1킬로미터 남았어. 네가 결정해야 해. 어떤 일이든 끝은 있는 법이야. 결승점이 보인다고. 우리 세진이는 할 수 있어, 그렇지?"

울고 있는 세진이를 뒤로 하고 나 혼자 결승선을 향해 걸었습니다. 눈물이 났습니다. 하지만 앞만 보고 걸었습니다.

"엄마, 같이 가요……."

뒤에서 세진이 목소리가 들렸습니다. 완주하기로 결심한 것입니다. 너무 장한 아들. 늘 세진이를 극한으로 몰아넣는 게 아닌지 걱정이 되고 그런 내가 밉기도 했지만 그럴 때마다 최선을 다해 주는 세진이가 대견했습니다.

지켜보던 많은 사람들의 박수를 받으며 세진이가 결승선을 통과했습니다. 나도 울고 세진이도 울고 지켜보던 사람들도 모두 눈물을 흘렸습니다.

세진이는 완주 기념으로 약속된 차를 받았습니다. 그리고 장애인학교에 바로 기증했습니다. 새 차 냄새 한번 못 맡아 보고 말이죠. 폐차 직전의 내 차를 덜덜덜 끌고 집으로 돌아오면서 세진이가 더 자랑스러웠습니다.

걷는 것이 목표이던 때가 있었습니다. 통과할 땐 끝나지 않을 것처럼 힘들고 긴 시간이었지만, 지나고 보니 불과 몇 년만에 세진이는 걷고 산에 오르고 마라톤까지 했습니다. 또 다른 사람을 위해 베풀고 희망을 전하고 있습니다. 원하는 것을 성취하고 누리는 행복. 그것을 맛본 세진이는 앞으로 더 큰 행복을 얻기 위해 보다 노력할 겁니다.

잠들어 있는 세진이의 피멍이 든 무릎을 마사지 해 주는 내 마음에도 행복이 번집니다. 이제 세진이는 더 넓은 세상으로 걷고 뛰며 저 하늘 위까지 날아갈 것입니다. 수고 했다, 기특한 내 새끼.

PART 2

세상 속으로
용감하게

어떤 말을 들어도 흔들리지 않는 아이,
어떤 비난에도 상처 받지 않는 아이,
어떤 편견에도 좌절하지 않는
'단단한 아이'로 키우고 싶었습니다.

울보 떼쟁이가
긍정적인 아이로

"참 어른스럽네요."
사람들이 세진이에게 말합니다.
하지만 세진이는 어릴 때 울보에 떼쟁이,
하루 종일 '싫다', '안 한다'는 소리만 하던 아이였습니다.
세진이의 버릇을 고친 명약은 '인내'였습니다.

세진이는 울보였습니다. 아동복지시설 앞에 버려졌을 때도 자지러지는 울음소리에 일찍 발견되어 다행이라고 이야기했을 정도였습니다. 우리가 함께 살게 되면서도 마찬가지였습니다. 울보에다가 겁이 많아서 엄마 치맛자락을 하루 종일 붙잡고 있었고, 툭하면 아예 긴 치마폭 속으로 들어가서 나오지 않았습니다. 눈만 빼꼼 내밀었다가도 사람들이 쳐다보면 다시 숨었습니다.

자기 물건에 대한 집착도 심해서 하루 종일 좋아하는 이불이나 인형만 붙잡고 있었고, 엄마나 자기 물건이 눈에 보이지 않기라도 하면 울고불고 난리였습니다. 관심을 돌려 보려고 무얼 하자고 해도 싫다는 말만 반복했습니다. 말도 느리고 어눌한 놈이 싫다는 소리는 어찌 그리 야무지고 똑 부러지게 잘하는지 도무지 답이 없었습니다.

언제까지나 치마폭에 싸안고 어르고 달래기만 할 수는 없었습니다. 방법이 필요했습니다. 이렇게 잘생기고 예쁜 녀석이 왜 이리 숨으려고 할까 싶어서 '그래, 아예 너 하고 싶은 대로 해 봐라'하고 집을 만들어 주기로 했습니다. 큰 냉장고 박스를 구해 와서 그림도 그리고 색종이도 붙여서 예쁜 집으로 만들었습니다. 엄마 치마폭 대신 들어가고 싶은 공간을 만들어 준 것이죠. 그 속에 좋아하는 인형들과 세진이가 집착하는 이불이며 물건들을 넣어 줬습니다. 그제야 엄마 치맛자락을 놓고 그 안에서 놀게 되었고, 나도 겨우 세진이를 떼어 놓은 채 집안일을 할 수 있었습니다.

세진이가 울거나 떼를 쓸 때면 큰딸 은아와 내가 그 공간에 들어가서 재미있게 놀았습니다. 세진이는 자기가 우는데도 아무런 관심을 주지 않고 놀고 있으면, 웃음소리가 궁

금한지 울음을 그치고 그 앞을 기웃거렸습니다. 그러다 들어오면 너무 예쁘다고 안아 주고 뽀뽀해 주고 재미있게 놀아 주었습니다. 울음을 그치게 하기 위해 가능한 한 많이 웃게 해 주려고 노력했습니다. 울면 모른 척하고 웃으면 함께 놀아 주기를 반복했습니다. 세진이가 울지 않고 무슨 이야기를 하거나 뭔가 해내면 집안일이고 뭐고 하던 일을 다 집어던지고 온갖 호들갑을 떨며 칭찬해 주고 놀아 주며 아이에게 집중했습니다.

몇 달이 지나고 나니까 세진이는 뭔가 마음에 들지 않으면 저 혼자 종이 집으로 들어가서 떼를 부렸습니다. 그럴수록 나는 누나와 밖에서 재미있게 놀았습니다. 세진이는 한참을 버티다가도 아이인지라 어느 순간 못 참고 나와서 빼꼼 쳐다보았습니다. 그러면 안아 주고 놀아 주고 뽀뽀해 주었습니다. 세진이는 점점 떼를 써도 통하는 게 없다는 것과 자신이 울고 짜증내면 얻는 게 아무 것도 없다는 것을 알게 되었습니다. 어찌 보면 단순한 방법이었습니다. 하지만 아무리 짜증이 나도 아이에게는 일관성 있게 똑같은 행동을 보여 주어야 한다는 점, 똑같은 말투와 억양으로 아이를 대해야 한다는 점이 정말 힘들었습니다.

'싫다'고 입버릇처럼 말하는 걸 고치는 데도 굉장한 인내가 필요했습니다. 손과 다리가 불편한 세진이가 무얼 한다는 건 사실 정말 쉽지 않았습니다. 조금이라도 스스로 하기 힘들다 싶으면 하기 싫다며 엄마에게 매달렸습니다. 색종이를 접다가 잘 안 되면 짜증 내고, 공놀이를 하다가도, 수저질을 하다가도 안 되면 무조건 '싫다'고 '해 달라'고 울어 댔습니다. 그럴 때면 세진이가 하고 싶었던 것이 무엇인지 물어보고 엄마랑 같이 해 보자며 함께 처음부터 다시 시작했습니다. 될 때까지 몇 시간이고 같이 하면서 아주 작은 것이라도 스스로 해낼 수 있다는 것을 가르쳤습니다. 다만 무슨 일이든지 해내려면 시간이 걸린다는 것도 함께 가르쳐 주었습니다.

처음엔 힘들던 일이 두 번째에는 시간이 조금 줄어들고 세 번째는 더 줄어든다는 것을 세진이도 점점 깨달았습니다. 그리고 조금씩 참을성이 생겼습니다. 안 울고 원하는 걸 말하면 더 짧은 시간에 얻을 수 있다는 것도 알게 되었고, 엄마가 기뻐하며 칭찬해 주고 누나도 좋아한다는 걸 스스로 깨달았습니다.

일관되게 참고 기다려 주는 일 다음으로 중요한 것은 칭찬입니다. 뭐든 세진이가 해내면 온갖 호들갑을 떨며 과하게 좋아하고 방방 뛰면서 칭찬을 했습니다. 나의 높고 큰 목소리는 혼낼 때만 효험이 있는 것이 아니었습니다.

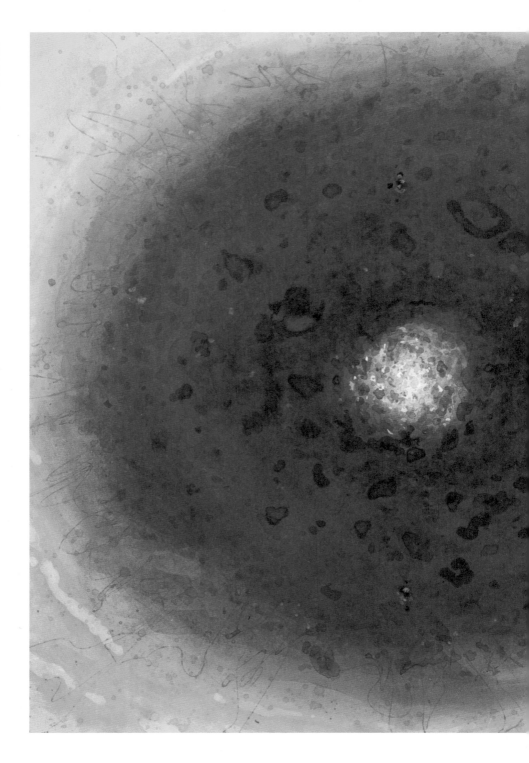

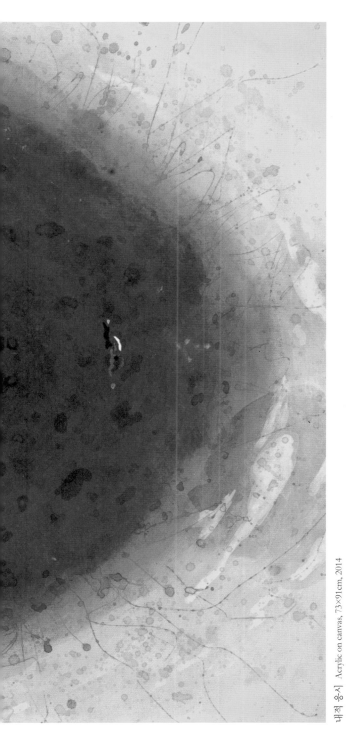

싫다,
안 한다는
부정의
말버릇을
고친 명약,
인내.

내적 응시 | Acrylic on canvas, 73×91cm, 2014

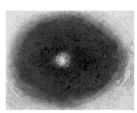

칭찬을 할 때도 할 수 있는 한 소리 높여 세진이의 기분을 북돋웠습니다. 혼자서 세수를 했다든가 양치를 했다든가 색종이로 말도 안 되는 걸 접어 왔다든가, 뭘 해내도 칭찬을 듬뿍 해 주었습니다. 아주 작은 일이라도 혼자 해내고 "엄마, 잘했지요?"라고 하면 하던 일을 멈추고 노벨상이라도 받아온 양 5분 이상 집중적으로 칭찬을 했습니다. 손뼉을 치고, 덩싱덩실 춤을 추고, 세진이가 좋아하도록 별짓을 다 했습니다. 누가 봤으면 미친년 널뛴다고 했을 겁니다.

세진이와 나, 우리에게 필요한 것은 '인내'였습니다. 물론 쉽지만은 않았습니다. 나도 짜증 나고 때론 감정에 휘말려 소리 지르고 싶을 때가 한두 번이 아닙니다. 대책 없이 울고 짜증을 내면 집밖에 내놓아 버리고 싶을 정도로 참기 힘들 때도 있습니다. 하지만 참았습니다. 몸에 사리가 생길 만큼 참고 또 참았습니다. 나의 이런 행동들이 반복되면서 세진이는 점차 달라졌습니다. '안 해요, 못 해요, 싫어요'를 달고 살던 아이가 대여섯 살 즈음부터는 '세진이도 할 수 있어요'라고 말하게 되었습니다.

"세진이도 할 수 있지요. 세진이도 할 거예요. 세진이도 하고 싶어요."

그게 시작이었습니다. 그렇게 세진이는 할 수 있다고 말하며 여기까지 왔습니다.

때로는 싸우고
때로는 화해하고

세진이 엄마가 되면서 나는 자연스레 싸움닭이 되었습니다.
하지만 싸움만 하는 싸움닭은 아닙니다.
병아리 같이 여린 내 새끼를 지키는 '엄마 닭'입니다.

세진이 생일은 11월 11일입니다. 정확한 생일을 알지 못하기 때문에 은아 누나의 생일로 통합해 함께 생일 파티를 합니다. 1999년 11월, 생일을 맞아 우리 가족은 사치를 부려 보기로 했습니다. 대전의 높은 건물에 있는 레스토랑에 간 것입니다. 생전 처음 이렇게 좋은 곳에 와서 고기를 썰고 있는 아이들에게 레스토랑 점원이 고깔모자도 씌워 주고 생일 축하 노래도 불러 주었습니다. 그렇게 흥겹게 생일 파티를 하고 있는데 갑자기 옆 테이블의 한 아이가 울기 시작했습니다. 그 아이의 부모는 우리를 바라보며 낮은 목소리로 이야기를 했습니다.

"자리를 잘못 잡았네. 지배인 좀 불러 주세요. 자리 좀 바꿔줘요."

"우리 애가 자꾸 우네요. 저기 저 애가 무섭다고."

"좋은 날 이게 무슨 일이야."

처음엔 그냥 못 들은 척 하려 했습니다. 모처럼 근사한 곳에 와서 천진난만하게 좋아하고 있는 세진이가 그런 상황을 눈치 채게 하고 싶지 않았습니다. 그들에게도 중요한 날이겠지만 우리에게도 좋은 날인데…… . 세진이가 그 아이를 때리길 했나요, 아니면 소리를 지르기라도 했나요. 속에서 슬슬 화가 치밀어 오릅니다.

세진이를 키우며 나는 때로 싸움닭이 되어야 했습니다. 돈도 배경도 없는 내가 세진이를 키우며 사실 큰 소리 칠 곳은 별로 없었습니다. 누군가 인상을 쓰면 밝게 응대하고 '네, 네, 죄송합니다'하고 다닐 일이 더 많았습니다. 하지만 참는 데도 한계가 있습니다. 맞서 싸우지 않으면 약하다고 우습게 보는 사람들이 꼭 있습니다. 마냥 숙인다고 착하게 봐 주지 않습니다. 숙이면 밟고 싶어 하는 사람도 있다는 걸, 도가 지나치다 싶으면 싸워야 한다는 걸 몸으로 깨달으며 살았습니다.

그날도 싸움닭 여사의 본능이 깨어나려 했습니다. 벼슬이 올라가고 털이 쭈뼛 서기 시작합니다. 하지만 나는 무작정 공격을 해대는 싸움닭은 아닙니다. 내 자식을 위해 참을 때는 참을 줄 아는 싸움닭입니다.

"세진아, 우리 그만 나갈까?"

세진이를 내 목에 얹어 목마를 태웠습니다. 세진이 다리가 아주 잘 보이게 말입니다. 어린 세진이는 엄마가 목마를 태워 주니 어리둥절 신이 났습니다. 나는 그런 채로 무릎으로 기어서 식당을 가로지르기 시작했습니다. 지배인이 기겁을 하고 뛰어와서는 대체 왜 그러시냐며 말렸습니다. 옆 테이블의 부모도 깜짝 놀라 우리를 멍하니 쳐다봤습니다.

"내 자식이 다리가 없어서 식사도 다 못하고 쫓겨나는데, 어미가 어찌 달린 발이라고 두 발로 걸어서 나가겠습니까."

나는 그렇게 기어 나와서 엘리베이터 앞에서 일어섰습니다. 세진이가 무거워서 목이 부러지는 줄 알았습니다. 하지만 그 부모들이 앞으로 다른 장애인 앞에서는 그런 이야기를 두 번 다시 하지 않을 거라 생각하니 무척이나 통쾌했습니다. 세 살 생일날 목마를 타고 근사한 레스토랑을 한 바퀴 돈 세진이는 이유도 모르고 즐거워했습니다.

세진이를 불편해하는 사람들은 곳곳에 있습니다.

우리가 자주 가야 하는 한 기관은 장애인의 편의를 위한 휠체어 경사로가 없어 계단을 이용해야만 했습니다. 그런 데 나만 힘들고 불편한 것으로 끝날 일이 아니었습니다. 내 가 세진이를 안고 올라가면 누군가가 휠체어를 들어서 계 단 위로 올려 줘야 합니다. 늘 미안한 마음으로 건물 관리 인이나 현관에 계시는 경비에게 부탁을 해서 휠체어를 계 단 위로 올려 달라 할 수밖에 없습니다. 그 건물의 경비 한 분은 우리가 갈 때마다 짜증을 냈습니다.

"또 왔네. 거참, 꼭 내가 당직일 때만 오더라. 아이구, 이 나이에 내가 병신 뒤치다꺼리나 해야 하다니……."

안 들리면 좋겠는데 늘 그렇듯 그런 말은 아무리 혼자 중 얼거려도 귀에 쏙쏙 와서 박힙니다. 아니, 어쩌면 내가 들어 주었으면 하고 이야기하는지도 모릅니다. 다음에는 오지 말았으면 하는 것이지요. 고민이 되었습니다. 세진이가 이 런 그의 태도에 상처받을까 봐 말입니다. 좋은 소리도 한두 번인데 매번 불평을 들으며 휠체어를 맡겨야 한다는 것도 사실 곤혹스러웠습니다. 우리를 귀찮게 생각하지 않고 귀 하게 생각할 수 있는 방법은 없을까. 묘안이 떠올랐습니다. 그 기관의 높은 분께 편지를 썼습니다.

'저는 이만 저만해서 그곳을 자주 이용하는데, 저희 같은 장애인을 볼 때마다 너무너무 친절하게 응대해 주시는 경 비원이 계십니다. 늘 우리를 보면 밝게 인사하시고 휠체어

도 다 들어 옮겨 주십니다. 너무 감사 드리는 마음에, 그분을 친절한 사원으로 추천하고 싶습니다.'

혹시 기관에 포상 제도가 있으면 꼭 그분에게 상을 주셨으면 좋겠다, 혹시 없다면 내가 금을 한 돈 선물로 드리고 싶다는 글도 덧붙였습니다. 결국 그분은 친절 직원으로 표창을 받았습니다. 나는 그 자리에 세진이와 함께 가서 꽃다발을 드렸습니다.

"저희 때문에 여러모로 번거로우셨을 텐데, 정말 감사 드립니다."

그분은 많이 당황한 듯 했습니다. 하지만 그 후에는 세진이만 보면 반색을 하며 뛰쳐나와 도와 주십니다. 세상에서 휠체어가 제일 가벼운 것처럼 번쩍 번쩍 들어 주시고요. 들리는 말로는 그 후로는 장애인은 물론이고 노인이 우산만 짚고 가도 뛰어나온다고 합니다. 몸이 불편해 지팡이를 짚은 줄 알고 도와 드리러 말입니다.

약한 사람으로 세상을 살다 보면 내게 싸움을 거는 사람도 있고 싸워야 할 일도 많습니다. 그럴 때마다 자식에 관한 일이라면 난 기꺼이 싸움닭이 됩니다. 하지만 세상과 싸우는 것보다 세상을 내 편으로 만드는 것이 더욱 현명한 일이라는 것도 잘 압니다.

욕 가르치는
엄마

어떤 말을 들어도 흔들리지 않는 아이,
어떤 비난에도 상처 받지 않는 아이,
어떤 편견에도 좌절하지 않는
'단단한 아이'로 키우고 싶었습니다.

내 눈엔 너무도 예쁘고 사랑스러운 세진이. 하지만 나는 주
제 파악을 잘 하는 엄마입니다. 다른 사람들의 눈엔 다리도
손도 온전치 않은 불쌍하고 보기 싫은 장애인일 뿐이라는
걸 모르지 않았습니다. 아니, 모를 수가 없었습니다. 어릴
적부터 밖에 데리고 나가면 혀를 끌끌 차던 사람들, 벌레라
도 보듯 피하는 사람들이 대부분이었습니다. 그렇게 세진

이를 보는 사람들의 시선이 앞으로 세진이가 살아가야 할 세상이었습니다.

세진이가 말을 배우기 시작할 무렵 또 하나의 고민에 빠졌습니다. 언제까지나 예쁘다, 예쁘다 하면서 내 품에만 품고 있을 수는 없는 노릇입니다. 세진이를 생긴 모습 그대로 세상에 내보낼 준비를 해야 했습니다. 보통 엄마라면 자식에게 아름다운 말만 가르치겠지만 나는 그럴 수 없었습니다. 나쁜 말도 가르쳐야 했습니다. 분명 밖으로 나가면 놀림을 당하고 욕도 먹을 것이 뻔했습니다. 세진이가 잘못한 것이 없다지만 장애인을 바라보는 세상의 시선은 장담할 수 없으니까요. 분명 세진이는 상처를 받을 것이고, 그 상처로 인해 숨어 버리지 않으려면 단단한 강심장이 되어야 했습니다.

세진이를 데리고 밖에 나갔을 때였습니다. 평상에 아주머니들이 모여서 호박잎을 다듬고 있었습니다. 옆에는 아이들도 있었습니다. 여자아이 하나가 엄마에게 뭘 사 달라고 자꾸 울고 생떼를 부리자 엄마가 딸에게 속삭였습니다.

"쟤 좀 봐. 엄마 말 안 듣다가 저렇게 된 거야. 떼 쓰고 나쁜 일 하면 저렇게 벌 받아서 병신이 되는 거야. 알았지? 아이고, 무서워."

저희들끼리 귓속말로 이야기했지만 제 귀에는 왜 그리

크게 들리는지요. 아이가 울음을 뚝 그치고 세진이를 바라
보는데, 마치 괴물이라도 보듯 눈에 공포가 가득합니다. 아
이 엄마는 효과가 있자 더 신이 나서 계속 험한 말을 뱉어
냅니다. 나는 세진이의 귀를 막고 집으로 돌아왔습니다.

'그래. 아예 내가 욕을 가르치자.'

세진이 귀에 약을 발라 준다고 생각하기로 했습니다. 어
떤 말을 들어도 상처 받지 않고 강해질 수 있는 그런 약 말
입니다. 한글 공부를 시작했습니다. 문방구에 가서 스케치
북을 많이 샀습니다. 그리고 좋은 말과 나쁜 말을 썼습니다.
좋은 말 다섯 개를 쓰면 똑같이 나쁜 말 다섯 개를 썼습니
다. 그렇게 수 십 권의 스케치북을 좋은 말과 나쁜 말로 가
득 채웠습니다.

세진이는 너무 사랑스러운 아이야.
넌 뭐든 할 수 있는 용감한 아이야.
우리는 너를 너무 사랑해.
넌 눈도 예쁘고 코도 예뻐.

넌 징그러워.
넌 병신이야.
쟤 병 걸렸나 봐.
쟤랑 놀지 말자.

하루에 좋은 말과 나쁜 말을 두 가지씩 가르쳤습니다.

"우리 세진이는 정말 잘생겼어, 웃을 때는 천사 같아."

세진이가 방실거리며 웃습니다. 그러면 또 말합니다.

"너 다리가 왜 그래? 병신이구나."

"너희 엄마 친엄마 아니라며? 너 주워 왔다며?"

그런 말들을 자식의 얼굴을 보며 내뱉는다는 것은 정말 쉬운 일이 아니었습니다. 그래도 가르쳤습니다. 처음에는 '사랑해, 고마워, 예쁘다' 같은 낱말 카드만 집어 들던 세진이도 점차 익숙해졌는지 '병신, 고아, 바보' 같은 낱말 카드도 집어 들게 되었습니다. 그리고 나는 세진이가 할 수 있는 대답들을 알려 주었습니다.

"야, 너 다리 병신이라며?"

심술궂은 아이들이 이렇게 말해도 세진이는 크게 흔들리지 않습니다.

"응. 난 너희들하고 다리가 다르게 생겼어. 좀 못생겼지."

세진이의 반응에 아이들이 더 열을 올립니다.

"너희 엄마 친엄마 아니지?"

"응. 우리 엄마는 계모야. 계모, 알지? 신데렐라에 나오는 나쁜 엄마 있잖아. 그런데 우리 엄마는 그렇게 나쁘지는 않아. 그래도 나는 주워온 애가 맞아."

너무나 당당하게 이렇게 대답하면 아이들은 오히려 할 말이 없어지게 마련입니다. 그렇게 단련된 세진이는 자라면서 농담도 잘 하는 아이가 되었습니다.

"아유, 우리 엄마랑 열흘만 살아 보세요, 어지간한 욕은 욕도 아녀요."

이렇게 주변 사람들을 웃게 만드는 여유마저 생겼습니다. 가끔 세진이의 다리를 기분 나쁘게 노려보는 아이들이 있어서 내가 나서서 한 마디 하려 하면 세진이가 막아섭니다.

"엄마, 참아. 다 내가 잘생겨서 쳐다보는 거야."

이제는 아예 대놓고 잘난 척을 합니다. 그럴 때는 마음 아파도 일부러 험한 욕을 가르친 보람을 느낍니다. 이만하면 내가 세진이의 마음 재활은 잘 시켜 놓은 모양입니다.

유치원도 학교도
받아 주지 않는 아이

대부분의 선진국들은 장애인 통합교육을 실시하고 있습니다.
일반인과 장애인이 한 교실에서 함께 수업 받고 생활하는 겁니다.
장애인들은 자신이 살아갈 진짜 세상 속에서 제대로 교육 받고,
일반 아동들도 약자들과 더불어 사는 세상을 배우는 것이지요.
잘났거나 못났거나,
함께 어울려 살아가는 법을 배우는 것이야말로 교육이 아닐까요.

세진이를 맡아 줄 어린이집을 찾는 것은 모래사장에서 진주를 찾는 것만큼 어려운 일이었습니다. 나는 나가서 일을 해야 되는데 맡아 주는 곳이 없었습니다. 대전 시내 어린이집을 수없이 뒤지며 돌아다녔습니다. 하지만 세진이를 받아 주는 곳은 없었습니다.

"죄송합니다. 저희 유치원은 장애아동을 받지 않습니다."

이렇게 정중히 거절하면 그나마 낫습니다. 대꾸도 안 하고 귀찮아하거나 기겁을 하며 놀라는 곳이 대부분이었습니다. 어렵게 세진이를 맡길 곳을 찾았지만 이번엔 다른 엄마들의 성화에 못 이겨 그만둬야 했습니다. 친구가 중요한데 장애인과 어울리면 아이들이 뭘 보고 배우겠냐고 했습니다. 그렇게 겨우 허락 받았던 어린이집에서도 모두 일곱 번을 옮겨 다녀야 했습니다.

그래도 세진이는 어린이집에 가는 것을 좋아했습니다. 친구들이 있기 때문이죠. 세진이가 가장 좋아했던 곳은 좁고 높은 계단을 올라가야 했던 어린이집이었습니다. 열 명 정도의 아이들이 있던 작은 곳이지만 세진이가 첫사랑을 만난 곳이었습니다. 얼굴이 하얗고 천사 같은 예람이는 세진이와 놀아 준 착한 친구였습니다. 세진이와 예람이는 단짝이 되었습니다.

화장실 들어갈 때도,

"예람이 너가 먼저 들어가, 나는 참을 수 있어."

간식을 먹을 때에도,

"예람아, 이거 너 먹어. 난 안 먹어도 괜찮아."

낮잠을 잘 때도 이럽니다.

"우리 손잡고 자자."

저도 사내 녀석이라고 어릴 때부터 착하고 예쁜 여자 친구를 보면 어찌나 잘 챙기는지 모릅니다. 심지어 엄마가 데

리러 가도 예람이와 떨어지기 싫어했습니다. 엄마 마음이
야 어처구니없었지만 아무럼 어때요. 그렇게 세진이에게도
나름대로의 행복한 시간이 있었기 때문에 주변이 아무리
차가워도 친구와 사람에 대한 애정을 키워가며 자랐을 겁
니다.

　세진이가 초등학교에 입학할 나이가 되었습니다. 감개무
량했습니다. 세상으로 나가는 첫발이니까요. 제법 걷기 연
습을 열심히 해서 초등학교에 다닐 자신이 생겼지만 이왕
이면 집 가까운 학교가 최고라고 생각하고 입학을 준비했
습니다. 하지만 학교에서 장애인이라 안 된다고 했습니다.
교실이 2층에 있기 때문에 아이들이 계단에서 밀기라도 하
면 세진이가 다칠 수 있다는 겁니다. 정 다니고 싶으면 각
서를 쓰라고 요구했습니다. 각서에는 학교에서 어떠한 사
고가 일어나더라도 학교에 책임을 묻지 않겠다는 내용이
있었습니다. 뒤도 돌아보지 않고 학교를 나왔습니다.
　집에서 조금 떨어진 다른 학교에 갔습니다. 안 된다고 합
니다. 장애인 특수학급이 없다는 이유였습니다. 조금 더 먼
학교로 갔습니다. 또 안 된다고 합니다. 세진이 담임을 해
줄 만한 교사가 없다는 이유입니다. 우여곡절 끝에 겨우 다
니게 된 학교에선 제비뽑기로 세진이 담임을 정했다고 했
습니다. 당첨된 담임은 얼마나 억울했던지 나중에 술을 마

시고 집으로 전화를 했습니다.

"어머니. 내가 이 나이에 그런 애 맡으려고 선생 된 줄 알아요?"

그래도 '네, 네. 죄송합니다.'하며 술 취한 선생님을 달래다가 학교를 옮기는 것이 낫겠다는 생각이 들었습니다. 여름엔 또 다른 항의를 받습니다. 여름이라 더워서 반바지를 입히니까 로봇다리가 그대로 드러났습니다. 친구들이 아무 생각 없이 세진이를 놀려 댑니다. 그런데 자기 아이들을 꾸짖어야 할 부모들이 이상한 논리를 폅니다.

"세진이를 놀리는 건 나쁜 일이죠. 맞아요. 그런데 우리 아이를 놀리게 만드는 게 세진이잖아요. 그러니까 세진이가 다른 학교로 갔으면 해요."

너무 황당해서 말이 나오지 않았습니다. 결국 또 학교를 옮겼습니다. 오죽하면 내 별명이 짐 싸는 여자일까요. 그렇게 우리 세진이는 많은 학교에서 퇴짜를 맞았고, 어렵게 다니게 된 초등학교도 네 군데를 옮겨 다녔습니다.

피노키오와
사람

어릴 적, 세진이에게 뭐가 되고 싶냐고 물으면
'사람'이라고 답했습니다.
아마도 자신의 몸을 사람이 아닌 것처럼 느껴졌던 모양입니다.
스스로 부끄러우면 다른 사람들 앞에서도 당당할 수 없습니다.
세진이는 아이들이 부르는 별명에도 민감했습니다.
문제는 '자존감'이었습니다.

"야, 피노키오! 넌 거짓말을 많이 해서 사람이 못 되는 거야. 하하!"

세진이의 의족이 피노키오 같다고 해서 학교 친구들이 붙인 별명입니다.

"학교 가기 싫어. 아무것도 하기 싫어. 그냥 집에만 있을 거야."

세진이가 울먹입니다.

"그래? 집에만 있을 거야? 그럼 마음대로 해."

학교생활을 시작하자 생각보다 훨씬 큰 편견들이 세진이를 괴롭혔습니다. 아이들과 하루 종일 생활하면서 부딪치는 문제들은 예상했던 것보다 훨씬 다양했습니다. 세진이는 육체적인 불편보다 친구들의 놀림감이 되는 마음의 불편을 더 견디기 힘들어 했습니다.

"내가 거짓말을 해서 하나님이 다리를 안 만들어 준 거래. 피노키오도 거짓말을 해서 코가 자라고 사람이 안 되는 거였잖아. 나도 그렇대. 난 피노키오가 아냐! 밖에 안 나갈 거야!"

가슴이 아팠지만 이런 상황을 오냐오냐 해 줄 수만은 없습니다.

"그건 걔네들이 철이 없어서 그런 거야. 걔들이 그런다고 네가 변하는 건 아니야. 걔들이 싫다고 아무 것도 안 할래? 넌 친구들과 생김이 다를 뿐이야. 넌 엄마 뱃속에서 아팠기 때문에 이렇게 태어난 거라고 이야기해 줬잖아. 아픈 건 네 잘못이 아니잖아? 넌 잘못한 것도 부끄러울 것도 없어."

그날 밤 세진이 방에서 기도하는 소리가 들렸습니다.

"저는 거짓말을 안 해요. 앞으로도 거짓말 안 하고 착하게 살 거예요. 그러니까 제발 저를 사람으로 만들어 주세요."

어떻게 하면 세진이에게 힘을 줄 수 있을까 생각하다가 피노키오 이야기를 다시 되짚어 보았습니다. 그리고 피노키오가 방황을 하지만 결국 제페토 할아버지의 사랑과 믿음으로 진짜 사람이 된다는 내용이라는 걸 깨달았습니다.

세진이와 다시 피노키오 이야기를 읽었습니다. 그리고 그 이야기를 계속 세진이에게 대입시켰습니다. 마치 세뇌라도 시키듯이 말입니다. 피노키오처럼 너도 다른 사람들에게 놀림 받고 친구들이 놀아 주지도 않고 나쁜 사람들에게 못된 짓을 당할 수도 있지만, 엄마는 제페토 할아버지처럼 너를 믿고 너를 할아버지보다 훨씬 더 사랑하기 때문에 너의 이야기도 반드시 해피엔딩이 될 거라고 말입니다. 피노키오가 시련을 이겨냈듯이 너는 더 잘 이겨낼 거라고 말입니다.

"엄마는 너를 제페토 할아버지보다 더 사랑해 주고 열심히 지켜줄 거야. 우리 세진이는 꼭 잘 걸을 수 있게 될 거야. 우리 세진이는 훌륭한 사람이 될 수 있어. 우리 세진이에게도 친구들이 찾아올 거야. 미안하다고 하면서 찾아올 거야. 네가 잘 걸으면 친구들하고 재미있게 놀 수 있고, 그러면서 너를 친구로 받아들여 줄 거야."

쉼 없이 이야기해 주었습니다. 집에 피노키오 인형도 사 두었습니다. 새장에 갇혀 있는 피노키오인데 세진이가 피노키오와 재미있게 놀 수 있게 처음에는 함께 놀아 주었습니다.

"어서 나와서 나랑 놀자, 피노키오야!"

피노키오는 실제로 너무나 귀여운 인형입니다. 피노키오처럼 생긴 것은 부끄러운 일이 아니라고도 이야기했습니다. 아예 피노키오를 세진이의 모습이라 생각하고, 피노키오가 시련과 성장을 겪은 것처럼 세진이에게도 인생의 시련이 닥칠 수 있다는 점에 대해 이야기했습니다. 그리고 피노키오처럼 스스로 시련을 이겨내야 한다고, 지치지 않고 계속 이야기해 주었습니다.

어느새 세진이는 피노키오 인형이 예쁘다고 말하기 시작했고 정말 자신의 친구처럼 생각하게 되었습니다. 모든 일은 피하면 피할수록 사태가 악화됩니다. 정면으로 부딪치자 답이 보였습니다. 나는 세진이에게 친구들이 놀려도 피하지 말고 이야기를 해 주라고 설득했습니다. 왜 다리가 아픈지, 무엇이 친구들과 다른지 말입니다.

"네가 잘못이 없는데 잘못이 있는 것처럼 피하면 안 돼. 거짓말을 하지 말라고 피노키오가 이야기하잖아. 어떤 친구가 보기엔 네가 피노키오를 닮았을 수도 있어. 어? 그러고 보니 우리 세진이가 피노키오처럼 귀엽게 생겼네. 뭐 어때? 피노키오 닮은 게 뭐가 잘못이야? 신경 쓰지 마. 피하지도 마. 네가 솔직하고 당당하게 이야기하면 친구들도 놀리지 않을 거야."

세진이가 변하기 시작했습니다.

"피노키오가 얼마나 귀여운데. 그리고 나는 피노키오가
아니고 사람이야. 나는 너희와 생김이 다를 뿐이야."

의족 때문에 생긴 세진이의 또 다른 별명은 '로봇다리'입
니다. 세진이는 로봇다리 라는 말도 싫어했습니다. 자신은
로봇이 아니라 사람이라며 많이 울었습니다. 하지만 로봇
다리라는 호칭 역시 본인이 당당해지면서 아무런 문제 없
이 받아들였습니다. 요즘은 오히려 자신을 '로봇다리 세진
이'라고 소개하고 다닙니다.

장애를 가진 세진이가 남과 다르게 보이고, 어떤 사람들
의 눈에는 부족해 보일 수도 있습니다. 피노키오처럼 보이
고, 사람이 아니라 로봇처럼 보일 수도 있습니다. 하지만 세
진이 스스로 당당해지고 자존감이 생기니까 그런 시선들을
이겨냈습니다. 로봇다리를 감추려고 긴 바지를 고집하던
세진이가 이제는 긴 바지는 의족의 이음새에 걸려서 불편
하다며 반바지를 즐겨 입습니다. 다른 사람들이 호기심 어
린 시선으로 쳐다봐도 로봇다리를 척척 내딛으며 씩씩하게
걷습니다. 밝은 얼굴로 "안녕하세요. 로봇다리 세진이에요."
하고 인사도 합니다. 외모 콤플렉스로 고민하는 친구에게

세진이가 말합니다.

"이렇게 생긴 나도 있는데 네가 뭘 못생겼다고 그러냐? 넌 적어도 손가락은 다섯 개잖아. 난 두 개거든. 내 다리 좀 봐. 얼마나 못생겼니? 그래도 쓸 만하잖아. 트랜스포머 같지 않냐? 하하!"

자신의 모습을 인정하고 친구들에게 밝게 이야기하기까지 분명히 힘들었던 시간이 있었다는 걸 엄마는 압니다. 그래서 스스로 극복하고 자존감을 키워가며 성장해 나가는 모습이 더 대견합니다. 우리 집에는 지금도 세진이의 친구, 피노키오 인형이 있습니다.

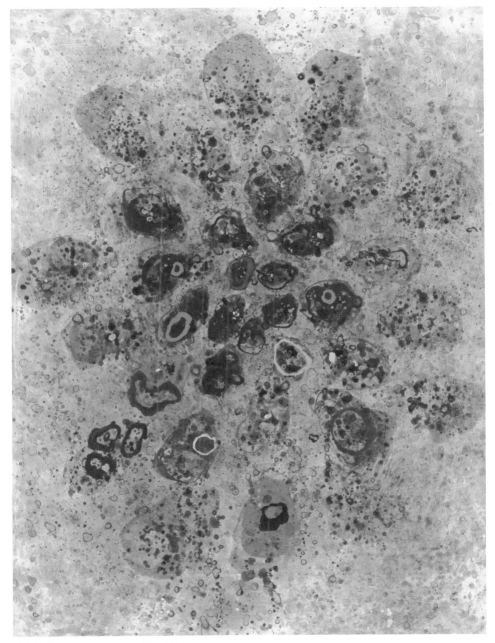

생성 공간 Acrylic on canvas, 73×91cm, 2014

로봇다리를
지켜라

아이에겐 엄마보다 또래 친구가 더 필요할 때가 있나 봅니다.
친구를 그리워하는 세진이에게
친구를 만들어 준 가장 좋은 방법은
'용서'였습니다.

우리나라는 예부터 장애를 무슨 큰 죄인 양 여겼습니다. 집
에 손님이 오면 장애가 있는 아이를 다락방에 숨기기 바빴
다고 합니다. 그런 인식 자체가 잘못된 것이지만 세상이 하
루아침에 바뀔 수는 없는 노릇입니다. 하지만 나는 세진이
가 숨어 살기를 바라지 않았습니다. 충만한 사랑을 받으면
서 세상에서 자기 몫을 해내며 행복하게 살길 바랐습니다.

그럴 만한 가치가 있는 아이이고, 절대 부끄럽지 않은 아이이기 때문입니다. 친구도 만들어 주고 싶었습니다. 하지만 친구 만들어 주기는 정말 내 맘처럼 되지 않았습니다.

세진이에게는 다양한 별명이 있었지만 가장 오랫동안 따라다닌 별명은 '로봇다리'였습니다. 로봇다리는 세진이를 걷게 해 주는 고마운 존재인 동시에 주변 아이들의 호기심과 놀림의 대상이기도 했습니다. 세진이는 아이들과 우정을 나누는 친구가 되고 싶어 했지만 아이들은 잠시 다가왔다가도 호기심을 해결하면 이내 떠나 버렸습니다. 그런 친구들에게 상처 받던 세진이가 내게 물었습니다.

"엄마, 왜 난 장애인으로 태어났어요?"

말문이 막혔지만 아이의 질문을 피하면 안 됩니다.

"왜, 많이 불편하니? 친구들이 놀려서 많이 속상해?"

"그냥요. 저도 다른 아이들처럼 다리가 있었으면 좋겠어요. 그래야 같이 뛰어놀 수 있고, 놀리지도 않고, 나를 친구로 생각해 줄 것 같아요……."

"그래서 불행하니?"

"아니요. 그냥 불편해요."

세진이가 눈물이 그렁그렁해져 대답했습니다. 나도 눈시울이 뜨거워졌지만 애써 참으며 말했습니다.

"어떤 놈들이든 우리 아들에게 허튼 소리만 해 봐. 다 덤

벼! 엄마가 작살을 내 줄 거야. 몸이 근질근질한데 아주 잘
됐네."

"아이, 엄마. 그건 싫어요. 나는 엄마가 싸우고 소리 지르
는 거 창피해."

"창피하다고? 내가 누구 때문에 싸움닭이 됐는데, 아들이
고 뭐고 애써 키워 봤자 다 소용 없다니까. 지금부터 이러
니 장가가면 어쩔 거야?"

"엄마 무서워서 예쁜 부인이랑 멀리 떨어져서 살 거예요.
제주도 가서 살 거야."

"어이구, 제발. 그때 가서 엄마 찾지나 마. 엄마도 내 인생
살 거야."

우린 늘 적당히 농담으로 상황을 넘기지만 세진이 앞에
서 웃고 큰소리를 친다고 엄마 맘이 편할 수는 없습니다.
세진이가 친구를 만들고 언젠가는 착한 여자 친구도 사귀
어야 할 텐데. 하지만 그건 엄마의 바람일 뿐, 솔직히 세진
이를 놀리는 아이들을 맘처럼 혼낼 수도 없습니다. 그러면
세진이에게서 친구들을 더 밀어내게 될 테니까요.

"야, 로봇다리! 이리 좀 와 봐."

그즈음 동네에서 힘 좀 쓰는 고학년 덩치 큰 형들이 세진
이를 괴롭혔습니다. 세진이의 로봇다리를 우산으로 찌르고,
어떨 땐 돌이며 망치까지 들고 와 세진이를 괴롭힌다고 합

니다. 한두 번이 아니었습니다. 형들은 심심하면 세진이를 일부러 기다렸다가 쫓아다니며 의족을 건드리고 두드렸습니다. 다리가 상하고 세진이가 다치기도 했습니다. 세진이는 아무 저항도 할 수 없었습니다.

그러던 어느 날, 때마침 내가 그 광경을 목격했습니다. 속에서 천불이 났습니다. 당하기만 하던 세진이가 기운이 빠져서 절룩거리며 집을 향해 걸어갔습니다. 가슴이 찢어질 것 같았습니다.

'저게 얼마나 귀한 다린데……'

실제 가격도 엄청나지만 세진이에게는 값으로 따질 수 없는 소중한 다리였습니다. 당장 쫓아가 두들겨 패 주고 싶었지만 참았습니다. 마음을 가라앉히고 햄버거를 샀습니다. 그리곤 그 아이들에게 다시 갔습니다.

"요즘 세진이랑 잘 놀아 준다는 형들이구나. 이거 하나씩 먹어."

아이들이 황당한 표정을 감추지 못했습니다.

"세진이 로봇다리를 좋아한다며? 신기하지? 근데 그거 비싼 거야. 조심해야 해. 돌이나 망치 같은 걸로 두드리면 부러진단다. 너희들 다리도 망치로 두드리면 부러지잖니. 세진이도 똑같아. 로봇다리가 부러지면 서지도, 걷지도 못 해."

"그래도 아프지는 않잖아요."

저는 손에 들고 있던 물컵을 갑자기 아이들 앞에 확 들이

밀었습니다.

"으앗!"

아이들은 깜짝 놀랐습니다.

"아프지는 않아도 놀랐지? 세진이도 마찬가지란다. 너무 놀랐을 거야."

아이들은 아무 말도 못하고 햄버거만 쳐다봤습니다.

"앞으로는 안 그러면 좋겠어. 로봇다리는 함부로 하지 말고 세진이하고 놀아 주기만 하면 안 될까? 그리고 그거 고장 나면 물어줘야 해서 너희들 엄마 아빠가 고생하셔야 돼. 나도 정말 고생고생해서 세진이 사 준 거거든."

아이들 얼굴에 걱정의 빛이 드리워졌습니다. 옳다구나 싶었습니다.

"그리고 하나 더! 내일 아침에 세진이에게 모두 사과를 했으면 해. 세진이가 형들을 아주 좋아하더라. 꼭 친구가 되고 싶다고 했거든."

아이들은 햄버거를 받아들고는 뒷걸음질 치며 돌아갔습니다.

다음 날이었습니다. 학교에서 돌아온 세진이가 기분이 좋았습니다. 흥분해서는 형들이 교실에 찾아와서 로봇다리가 멋있다면서 이게 그렇게 비싼 거냐며, 놀려서 미안하다고 했답니다. 끝도 없이 종알종알 형들 자랑까지 합니다.

"세진아, 현명한 사람은 세상을 내 편으로 만들 줄 알아야 해. 지금까지 세진이가 잘 살아와서 사람들이 너를 칭찬하는 소리들이 조금씩 커지고 있어. 하지만 그만큼 세진이를 싫어하거나 시기하는 사람도 생긴단다. 그 사람들마저 네 편으로 만들 수 있어야 해. 엄만 세진이가 그럴 수 있다고 믿어."

얼마 후 그 아이들은 우리 집에 와서 간식도 나눠 먹고 함께 노는 세진이의 친구가 되었습니다. 누가 세진이를 놀리면 나서서 막아 주었고 자청해서 세진이의 든든한 보호막이 되어 주었습니다.

엄마 아들이어서
미안해

과거 오랫동안 우리나라에서 장애인이 입양 되는 길은
해외로 나가는 것이었습니다.
세진이가 해외로 입양이 되었다면
더 훌륭한 환경에서 지금보다 행복하게 자랄 수 있었을까요.
세상의 벽에 부딪칠 때마다 드는 생각입니다.

2001년, '티타늄의 천사'라고 불리는 애덤 킹이 우리나라에
왔습니다. 애덤 킹은 세진이와 비슷한 장애를 가지고 한국
에서 태어났지만 미국으로 입양이 된 아이입니다. 좋은 부
모를 만나서 일찍부터 좋은 티타늄 의족을 하고 야구도 하
며 세상에서 가장 잘 걷는 아이로 유명해졌습니다. 애덤 킹
이 한국에 초대되어 잠실 야구장에서 프로야구 시구를 하

던 날, 많은 사람들이 희망의 공을 던진다고 아우성이었습니다. 세진이에게도 애덤 킹의 모습을 보여 주고 싶었습니다. 세진이와 들뜬 마음으로 잠실 야구장으로 갔습니다. 그런데 정말 기가 막힌 일이 생겼습니다. 야구장 입구에서 입장이 거절된 것입니다.

"우리 애와 같은 장애인이 시구를 하는데, 그걸 못 보게 하는 게 말이 되나요?"

"초대받지 않았으면 장애인은 입장할 수 없어요. 사람 많은 곳이라 위험합니다. 다치면 책임을 못 진단 말이에요."

부탁도 해 보고 항의도 해 봤지만 소용이 없었습니다. 벽에 대고 이야기를 하는 것처럼 '들어갈 수 없다. 야구장은 위험하다'는 말만 되풀이했습니다. 결국 구경도 못 하고 집으로 돌아오는 길에 처음으로 세진이를 입양한 것을 후회했습니다.

'차라리 세진이가 미국으로 입양을 갔더라면, 애덤 킹 못지않게 사랑 받으며 좋은 환경에서 컸을 텐데⋯⋯. 못난 엄마 때문에, 내 자식이라서 이런 취급을 받는구나. 내가 세진이에게 아무 힘이 못 되는구나.'

내가 주제도 모르고 입양하는 바람에 세진이가 행복해질 수 있는 길이 막힌 것 같아 죄책감이 들었습니다. 애덤 킹처럼 장애인 복지가 잘 되어 있는 나라로 입양이 되었더라면 지금처럼 차별받지 않고 당당히 사회의 일원으로 살아갈 수 있을 텐데 말입니다.

"못난 엄마 때문이다, 그치?"

"아니에요. 안 봐도 돼요. 그까짓 것."

우리는 텔레비전으로 애덤 킹이 시구하는 것을 보았습니다. 세진이에게는 '저 봐라, 너도 못할 것 없다.'라고 씩씩하게 말했지만 그날 밤 장롱 이불 속에 머리를 처박고 울었습니다. 그리고 잠든 세진이의 손을 잡고 가만히 말했습니다.

'엄마 아들이라서 미안해. 엄마가 더 노력할게. 너도 당당하게 살게 해 줄게. 애덤 킹처럼.'

잠실 야구장이 입장을 막았다고 포기할 내가 아니었습니다. 그 후에 세진이와 애덤 킹은 친구가 됐습니다. 같은 입양 가정이기에 입양 부모들 모임을 통해 인연을 맺습니다. 그렇게 애덤 킹 부모와도 친해지게 되었습니다. 애덤 킹 부모는 세진이를 많이 칭찬해 주었습니다. 우리는 지금도 미국에 시합을 갈 때면 애덤 킹에게 줄 선물을 사서 찾아갑니다. 세진이는 애덤 킹을 부러워합니다. 그리고 묻습니다.

"엄마 나도 애덤 킹처럼 할 수 있을까요?"

"물론이지! 우리 세진이도 할 수 있어!"

나의 대답은 언제나 똑같습니다.

댓글 일기
쓰기

세진이가 성장하면서
어르고 달래는 방법에 한계가 느껴졌습니다.
무조건 하라고 혼내며 이끌어 가는 것도
모두 어릴 적 이야기였습니다.
그래서 댓글 일기를 쓰기 시작했습니다.

부모와 자식 간에 소통이 안 되고 오해가 생겨서 서로 엇나
가는 가정을 심심치 않게 봅니다. 세진이도 자아 형성이 시
작되면서 혼자 삐치기도 하고 티격태격 말다툼을 하는 일
이 잦아졌습니다. 어릴 때처럼 일방적으로 혼내거나 호들
갑을 떨며 칭찬하는 것으로 해결되는 시기가 지난 겁니다.
한번 삐치면 서로 말을 안 하고 며칠씩 버티기도 하고, 큰

소리를 낼 때도 있었습니다. 결국엔 함께 부여잡고 서로 잘못했다고 통곡을 하며 끝내는 것이 우리 집의 일상이긴 합니다. 그래도 뭔가 방법이 있어야겠다는 생각이 들었습니다. 어떻게 하면 서로 화내지 않고 대화로 원하는 바를 전할 수 있을까. '댓글 일기'라는 걸 쓰기 시작했습니다. 내가 컴퓨터 블로그에 한 마디 써 놓으면 세진이 역시 글로 답을 달아 놓는 겁니다.

2013-09-10

나   야, 방 좀 치워라. 이게 뭐냐.

아들   네.

나   야, 방 꼬라지가 이게 뭐냐고!

아들   네.

나   야!!!!!!!!!!!

아들   아, 엄마…… 치운다니까요.

나   야, 이놈시키야! 제발 방 좀 치우라고!

아들   엄마, 말은 곱게 쓰는 거라면서요.

나   알았다. 조금 수위를 낮춰서. 흠…… 방 치우세요.

하지만 다음날이 되어도 사내 녀석의 방은 별로 달라지지 않았습니다. 난 그보다 수위가 더 높은 말을 쏟아 놓고 맙니다.

나	이눔시키야, 방!!!! 이게 돼지 소굴이냐, 함 죽어 봐야 정신을 차리지!
아들	아, 엄마. 이제 그런 말 안 쓴다면서요.

언성이 높아질 수밖에 없는 말 대신 이런 사소한 것들을 댓글로 이야기합니다.

가끔은 세진이가 엄마를 위해 감동적인 글을 남겨 놓기도 합니다.

2013-09-03

아들	어릴 때 밑에서 본 엄마의 어깨는 최고의 그늘이 되어 주었고 이 세상 무엇보다 넓고 든든해 보였습니다. 하지만 훌쩍 커 버린 지금 내 눈에 비친 엄마의 어깨는 세상 그 무엇보다 가녀리고 한없이 약해 보입니다. 이런 어깨로 나에게 몰아치던 그 많은 것들을 막아 내느라 얼마나 아프고 힘들었을까…….
나	너, 지금 엄마보다 키 크다고 자랑하는 거지? 이눔시키 죽어라고 키워 놓으니까 키 크다고 엄마가 우습게 보인다 이거지? ㅎㅎㅎ 철든 우리 아드님… 아구, 궁디 팡팡 두들겨 줘야겠넹. 아고, 이쁜 놈.

2013-05-05

아들 　내가 가는 곳에 길을 비춰 줄 수 있는 등대가 있기를.
　　　어둠 속에 혼자 허우적거리지 않도록 나를 잡아 줄
　　　손이 있기를.
　　　설령 정거장이 없는 길일지라도 서로에게 기대어
　　　쉴 수 있기를.

나 　야.. 너 연애하냐?

아들 　아, 엄마. 진짜 엄마는 낭만도 없어.

나 　낭만도 없고, 뭐뭐뭐?

아들 　엄마는 그래서 연애를 못 하는 거예요.
　　　그래서 남자친구가 없는 거라니까.

나 　헐…… 야, 아주 악담을 하세요. 혹시 아냐? 짠 하고 엄
　　　마의 왕자님이 나타날지.

아들 　엄마, 우리의 소원은 엄마의 독립입니당.

2013-06-24

아들 　겨울 바람 냄새가 그립다. 까만 어둠에 가로등이 빛나고
　　　하얀 입김만이 맴돌 때 하늘에서 떨어지는 흰 눈.
　　　영화 같지만 내가 정말 좋아하는 풍경.
　　　그 겨울, 바닷바람도 그립다.
　　　차가운 모래사장에 앉아 파도 위로 흩날리던 눈송이.
　　　철썩이는 파도를 보며 울며 기도했던 나만의 공간.
　　　그 공간이 지금 절실히 필요하다.

나 　가자 가자. 그 공간으로 가자 가자.
　　　니는 참 시도 잘 쓰고 니 마음도 잘 표현한다.
　　　우리 세진이는 못 하는 게 뭘까용.
　　　나는 니가 완전 부럽당.

이렇게 댓글 일기를 쓰면서 부딪침이 훨씬 줄었습니다. 파르르 싸울 일도 글로 쓰다 보면 감정이 한 템포 쉬어 가며 화가 가라앉습니다. 평소에 하기 쑥스럽던 오글거리는 말도 댓글로는 왠지 별 망설임 없이 하게 됩니다. 글을 쓸 기회가 없던 세진이가 글 쓰기에 자연스럽게 익숙해지는 장점도 있었습니다. 댓글 쓰기는 일석삼조 이상의 효과가 있습니다.

그리고 말인데요. 세진이가 제법 타고난 글 솜씨가 있다는 사실을 알게 됐습니다. 세진이가 엄마를 위한 시를 가끔씩 올려 놓습니다. 문학평론가들이 보면 유치하다며 웃을지 모르지만 나는 세진이의 글이 세상의 어떤 시보다도 잘 썼다는 생각이 듭니다. 눈에 콩깍지가 씌었다고 해도 할 수 없습니다. 엄마 눈엔 노벨문학상 감입니다.

열여섯 살에
대학에 간 세진이

아니다 싶을 때 그만둘 수 있는 것도 용기입니다.
아무리 해도 안되는 게 있다 싶을 때는 과감하게 접었습니다.
그렇게 멀리 돌아가리라 마음먹었던 길이
오히려 지름길이 되었습니다.

친구들이 고등학교에 입학한 열여섯 살에 세진이는 대학생
이 됐습니다. 마치 지름길을 달려온 것 같지만 세진이가 학
교를 다닌 역사는 파란만장합니다. 대전에서부터 일산, 수
원, 이천까지 초등학교를 옮겨 다니던 세진이는 화성에서
초등학교를 졸업하고 중학교에 입학했습니다. 하지만 중학
교 1학년 때 자퇴를 했습니다. 세진이가 비록 몸이 불편하

긴 해도 학습능력이나 지능에는 아무 문제가 없습니다. 그래서 한 번도 장애인을 위한 특수학교에 보낼 생각을 하지 않았습니다. 나는 세상의 모든 아이들이 교육만큼은 평등하게 받을 권리가 있다고 생각합니다. 나의 생각은 욕심이었고 나의 욕심은 실패로 끝난 걸까요?

중학교 1학년 때 체육시간에 주로 축구를 한 모양이었습니다. 뛸 수 없는 세진이는 늘 운동장에 앉아 있어야 했습니다. 차라리 아이가 체육시간에 참여할 수 없다고 생각하면 도서관에 가서 책이라도 읽게 해 주었으면 좋았으련만 햇볕이 쨍쨍한 여름에 1시간 내내 운동장에서 아이들 축구하는 걸 지켜보게 했습니다. 그리고 축구 드리블로 실기시험을 본 후에 세진이에게 빵점을 주었습니다.

화가 났습니다. 축구를 했어도 세진이에게 다른 포지션으로 시험을 볼 기회를 줄 수 있지 않았을까요. 골키퍼라도 시켜 볼 수 있지 않았을까요. 하지만 현실은 그게 아니었습니다. 혹시나 해서 그 상황에 대해 알아보러 학교에 간 나는 씁쓸한 대접을 받고 돌아와야 했습니다. 무엇보다 가슴 아픈 건 그간 세진이가 어떤 대접을 받았을지 비로소 깨달았다는 것입니다. 불평 하나 없이 엄마에겐 입을 꾹 다물고 있는 세진이를 보며 앞으로 이 아이가 학교에서 받아야 할 모진 대접들에 가슴이 아팠습니다. 세진이와 많은 이야기를 나눴습니다. 그리고 어렵게 결론을 내렸습니다.

"세진아, 우리 남들보다 좀 돌아서 가더라도 재미있게 살자. 좀 어렵게 가더라도 상처 받지 말고 살자. 검정고시도 있는데 뭐. 맘껏 수영하고 맘껏 하고 싶은 일을 하며 살자. 우리 세진이는 할 수 있어!"

학교를 그만두고 서점에 가서 우리끼리 공부할 책을 샀습니다. 집에 있는 교과서와 교복 같은 학교의 기억들은 모두 버렸습니다. 나는 한 번 결정한 일은 뒤돌아보지 않습니다. 하지만 세진이는 많이 울었습니다. 우리 집은 초, 중, 고등학교가 훤히 보이는 아파트입니다. 세진이가 학교 다니기 편하라고 얻은 아파트인데 한 치 앞을 모르는 것이 사람 일이라더니, 이렇게 될 줄 몰랐습니다. 아이들이 학교 가는 시간이면 세진이는 창밖을 내다보며 소리 없이 울었습니다. 체육시간에 웃음소리와 응원 소리가 들릴 때도 눈물지으며 방 안에 틀어박혔습니다. 하지만 운다고 해결되는 일은 없습니다.

"세진아. 넌 아직 시간이 많아. 슬프면 울어. 그렇게 몰래 울지 말고 차라리 소리 지르며 울어. 그래야 속이 시원하지. 컸다고 폼 잡지 말고 시원할 때까지 엉엉 울어 버리고 정신 차리자. 몰래 찔찔 짠다고 해결될 것 같아? 쟤들이 학교 다닐 동안 넌 울고만 있을 거야? 차라리 오늘 우리 둘이 끝장을 보자. 엄마도 자식 키워서 학교 보내 놓고 수업받을 동안이라도 좀 편하게 있어 볼까 했더니 눈물 난다. 하루 종일 너랑 붙어 있을 생각하니까 눈물이 앞을 가려, 이놈아. 울자, 같이 울자고!"

그렇게 울다가 웃다가 며칠을 보냈더니 세진이가 중학교 검정고시를 보겠다고 했습니다. 수영 훈련도 힘든데 혼자서 꾸역꾸역 책상에 앉아서 공부를 하는 모습에 마음이 짠했지만 내색은 하지 않았습니다. 검정고시 시험 날짜가 다가오자 혼자 할 수 없는 부분들이 있다고 학원을 한 달만 보내 달라고 했습니다. 그렇게 딱 넉 달을 공부하더니 중학교 검정고시에서 좋은 성적으로 합격을 했습니다. 가장 기뻐한 건 물론 세진이였습니다. 학교에 못 가니까 기운이 빠져 있던 세진이 어깨에 다시 힘이 들어갔습니다. 오호라! 나는 틈을 주지 않고 여세를 몰아가기로 했습니다.

"공부는 이어서 해야 잘 된다더라. 그냥 고등학교 검정고시도 하자!"

내 앞에선 오케이 하더니 이번엔 책을 사서 책상 위에 쟁여 놓고는 들여다보지도 않았습니다. 슬슬 시작되는 나의 잔소리에도 걱정 말라고, 다 알아서 한다고 하면서 신경도 쓰지 않았습니다.

'그래, 내 새끼 내가 안 믿으면 누가 믿을꼬……'

치밀어 오르는 갑갑함을 도를 닦듯 억누르며 말 없이 엉덩이를 팡팡 두들겨 주는 것으로 나의 속마음을 표현했습니다.

확실히 아이들은 뭔가 일이 생기고 변화의 시발점이 있어야 달라지는가 봅니다. 무슨 일이 있었던 걸까요. 자존심이 상하는 일이 있었는지, 자극을 받을 만한 일이 있었는지, 어느 날 갑자기 세진이가 다시 공부를 시작했습니다. 갑갑함이 해소되면서 나의 승리라고 생각했습니다.

'그래, 속 터져도 잘 참은 거야. 다 때가 되면 하는 거지.'

스스로 만족했습니다. 고등학교 검정고시도 마지막 한 달만 학원을 다니더니 우수한 성적으로 떡 하니 합격했습니다. 세 과목은 만점이 나왔습니다.

열여섯 살에 대학 원서를 넣어 보기로 한 건 순전히 경험을 쌓기 위해서였습니다. 검정고시 학원에서 같이 공부했던 사람들이 대학에 간다는 이야기를 듣고 오더니 세진이가 자신도 대학에 원서를 넣어 보겠다고 했습니다. '할 수 있다'가 나의 모토인데 스스로 뭘 해보겠다는 세진이를 말릴 이유가 없었습니다.

"좋아. 가자. 그런데 장애인이라는 계급장은 떼고 가야지. 아직 나이도 어린데 급할 것 뭐 있어. 일반 학생들하고 똑같이 경쟁해서 들어갈 거면 해 봐라."

그랬더니 열심히 원서를 쓴다고 알아보고 다녔습니다. 나는 우리에게 좋은 대학의 기준이 뭔지 이야기해 주었습니다.

"제일 중요한 건 학교가 산에 있지 않아야 해. 비탈길이 많으면 걷지도 못 하고 비가 오거나 눈이 오면 꼼짝도 못 하잖니. 학교생활이 극기 훈련장이 되면 무슨 공부를 하겠어. 또 한 가지는 우리 집에서 가까워야 한다. 엄마가 태워다 주고 태워 오고 해야 하는데 너무 멀면 생활에 지장이 생겨. 수영장도 오가야 하니까 맘대로 이사 갈 수도 없어. 스케줄 조정도 안 되고. 아! 그래도 이왕이면 이름은 들어본 학교면 좋겠다. 다들 '스카이' 가고 싶어 하던데. 그건 힘들겠지? 그래도 뭐, 너는 아직 어리니까. 이름은 알려진 대학에 지원해 보는 거야. 꿈을 크게 갖자고!"

둘이서 야무지게 꿈을 키웠습니다. 연세대학교, 고려대학교, 성균관대학교, 이름 들어 본 학교들을 중심으로 알아보기 시작했습니다. 모두 세진이에게는 과분한 학교지만 고려대나 연세대는 집이 있는 경기도 화성에서 다니기에 너무 멀었습니다. 그런데 그 중에서 성균관대는 수원에도 캠퍼스가 있고 세진이가 공부하고 싶어 하는 스포츠과학과가 있다고 했습니다. 목표를 성균관대학교로 정했습니다. 수시전형이라는 것이 있어서 다행이었습니다. 일부러 장애인 특별전형에는 응시하지 않았습니다. 어린 나이에 지원하는데 급할 것도 없고 장애인인 걸 내세울 필요는 더더욱 없다고 생각했습니다.

한번 해 보자하고 배짱 좋게 원서를 넣었습니다. 그런데 믿기 힘든 결과가 나왔습니다. 검정고시 성적과 그동안의 수상 경력으로 1차를 통과했습니다. 면접을 보던 날, 멋지게 정장을 차려입혔습니다. 내 자식이지만 그렇게 멋있을 수가 없었습니다. 걷지도 못하고 기어 다녔던 다섯 살의 세진이가 이렇게 딱 10년 만에 대학 면접을 보겠다고 늠름하게 서 있다니……. 감동 잘 하는 나는 합격이고 뭐고 지난 모든 상처와 아픔이 잊혀지는 듯 행복했습니다.

'장하다, 이눔자식!'

너무 감격해서 그만 기특하다며 다 큰 아들 엉덩이를 팡팡 때렸습니다. 정장을 차려입은 세진이가 눈을 흘깁니다.

교수님들은 면접날 열여섯 살의 중증 장애인인 세진이의 모습에 감동을 받았다고 했습니다. 너무 밝고 명랑하게 자신의 꿈과 계획을 이야기하는 모습을 보고 만장일치로 결정을 내렸다고 했습니다. 합격!

내 눈에만 장한 것이 아니었나 봅니다. 더 놀라운 것은 장학생으로 선발되었다는 겁니다. 아, 걱정했던 학비에 대한 짐은 덜게 되었습니다. 기특하다, 내 새끼. 또 다시 참을 수 없는 기쁨에 엉덩이를 팡팡 때렸습니다.

멀리 돌아가려고 그만두었던 학교였는데 세진이는 예기치 않게 지름길로 대학에 갔습니다. 제대로 다니지 못한 중, 고등학교에 대한 미련 때문일까요. 학점도 좋습니다. 대학을 졸업하고도 공부를 계속해서 석사, 박사까지 하겠다고 합니다. 정말 아이들의 가능성은 무한하다는 걸 새삼 느낍니다.

PART 3

유별난 년의
유별난 인생

많은 사람들이 나에게 묻습니다.
왜 그렇게 힘들고 어려운 길을 가냐고.
그동안 하지 못했던 말이 있습니다.
태어난 그날부터 나는 유별난 운명이었다고.

미운 오리 새끼,
첩의 자식

아득한 바다 저 멀리 산 섦고 물길 설어도
나는 찾아가리 외로운 길 삼만리 바람아 구름아 엄마 소식 전해다오
엄마가 계신 곳 예가 거기인가 엄마 보고 싶어 빨리 돌아오세요
아아 외로운 길 가도 가도 끝 없는 길 삼만 리

– 〈엄마 찾아 삼만 리〉 만화영화 주제곡 중

어릴 때 '엄마 찾아 삼만 리'라는 만화를 보면서 늘 궁금했
습니다. 나는 왜 엄마가 없을까. 왜 내겐 아무도 엄마 얘기
를 해 주지 않는 걸까. 어린 마음에 나도 엄마를 찾겠다고
몰래 짐을 싸기도 했습니다. 자라면서 알게 되었지만 나는
아버지의 두 번째 부인이 낳은 자식이었습니다. 그리고 불
행히도 어릴 적부터 엄마 얼굴을 한 번도 본 적이 없습니

다. 실체도 없이 엄마라는 존재를 무작정 그리워했기에 더 엄마가 간절했습니다.

그래서일까. 어릴 적부터 감정이 풍부해서 웃기도 잘하고 울기도 잘하고 철없이 칠락팔락 아무나 따라 다니며 사람들에게 사랑받고 싶어 했습니다. 하지만 연세 많은 아버지 말고 나에게 따뜻한 눈길을 주는 사람은 없었습니다. 아무리 잘 보이려고 노력해도 나의 존재를 좀체 인정하지 않는 이복형제들 틈에서 함께 살 수 없어, 아버지가 따로 얻어 준 집에서 유모와 함께 외롭게 자랐습니다.

아버지는 부산 지역에서 한의업과 유통업을 하는 부자였고 기부와 자원봉사도 많이 하는 명망 있는 분이었습니다. 나이 들어 생각해 보니 그런 아버지에게 이 철없는 막내딸은 유일한 아킬레스건이 아니었을까 싶습니다. 아버지는 늦둥이인 나를 눈에 넣어도 아프지 않을 만큼 예뻐하셨습니다. 잠시도 무릎에서 내려놓지 않고 도란도란 이야기도 많이 해 주셨습니다. 나도 종알종알 이야기하고 노래 부르고 안마도 해 드리며 아버지 오는 날만 기다렸습니다. 혼자 풀 죽어 있다가도 아버지만 오면 소리 내어 웃고 애교도 부리고 아버지를 기쁘게 해 드리려고 노력했습니다. 그래야 자주 오실 테니까요.

내게 엄마도 따뜻한 가정도 줄 수 없었던 아버지는 외로운 나를 물질적으로 풍족하게 채워 주셨습니다. 그 덕이었을까요. 나는 사람의 삶은 물질로 채울 수 없는 부분이 있다는 걸 일찍부터 깨달았습니다.

하고 싶다는 건 무조건 들어주시며 귀애하시던 아버지가 단 한 가지 내게 철저하게 교육시킨 것이 있습니다. 열 살도 안 되었을 무렵입니다. 그날도 나를 무릎에 앉혀 놓고 이렇게 말씀하셨습니다.

"정숙아, 일주일이 며칠이고?"

"7일이지요."

"그라믄 6일은 내 밑에서 니가 하고 싶은 모든 거 다 누리면서 행복하게 살아도 된다. 니 하고 싶은 거, 먹고 싶은 거, 입고 싶은 거, 다 해 줄란다. 이쁜 내 딸에게 뭐가 아깝겠노. 그란데 일주일에 남은 하루 만큼은 니도 남에게 고맙다는 말을 듣는 사람이 되었으면 좋겠다. 니가 넘들한테 그 말을 듣기 전에는 그날 하루만큼은 내도 니한테 밥을 안 줄 끼니까네 그래 알고 다음 주부터 잘 해 보그라."

"네? 갑자기 다음 주부터 제가 뭘 해요? 누구한테요? 어디 가서요?"

"그거는 니가 찾아야지."

아, 어린 마음에 나는 정말 죽을 것처럼 고민했습니다. 어디 가서 누구한테 무얼 해서 그런 말을 듣고 오라는 건지

도무지 알 수가 없었습니다. 게다가 밥도 안 준다니요. 너무 서운하고 무서웠습니다. 하지만 나에겐 아버지가 세상의 전부였고 사랑을 주는 유일한 분이었기 때문에 아버지가 하신 말씀은 곧 법이었습니다.

나는 고민 끝에 집 근처에 양로원이 있다는 걸 떠올렸습니다. 그런데 대체 내가 무얼 할 수 있을까요? '에라, 모르겠다'하는 심정으로 일단 양로원으로 향했습니다. 양로원은 입구부터 쿰쿰한 노인 냄새로 가득했습니다. 문을 빼꼼 열고 들여다보았습니다. 방안에는 화투장이 널부러져 있었고, 자욱한 담배 연기 때문에 숨 쉬기도 괴로웠습니다. 할머니들이 몇 명씩 모여 앉아서 꼬박꼬박 졸거나 초점 잃은 눈으로 쭈그려 앉아서 소일 하고 계셨습니다.

막상 들어가는 것부터 용기가 필요했습니다. 몇 번을 망설이다 큰맘 먹고 문을 벌컥 열고 들어갔습니다. 그리고 문가에 앉아 계신 할머니께 말을 붙였습니다.

"할머니, 안마해 드리러 왔어요."

할머니들은 심심하던 차에 나타난 나를 보고 호기심 어린 눈빛을 보내셨습니다.

"누꼬? 누구 손주 찾아왔는가?"

갑자기 쏟아지는 관심이 무섭기도 했지만 나는 꾹 참고 조물조물 할머니의 어깨를 주물렀습니다. 모여든 다른 할

머니들도 해 드렸습니다. 그때 한 할머니께서 이렇게 말씀
하셨습니다.

"뉘 집 자식이냐, 참 고맙구나."

나는 그 말에 귀가 번뜩 뜨였습니다. 고맙다고 하신 그
말씀 말입니다. 너무 신이 나서 아버지에게 불러 드렸듯이
노래까지 해 버렸습니다.

"별들이 소근대는 홍콩의 밤거리~."

유모 할머니가 매일 틀어 놓고 흥얼거리던 유행가였습니
다. 순식간에 양로원에 활기가 돌았습니다. 할머니들은 귀
엽다고 박수로 박자를 맞춰 주시며 연신 칭찬을 해 주셨습
니다.

"우째 찌깐한 가시내가 저래 노래를 잘 하노. 이쁘다, 이
뻐!"

그날 저녁, 아버지는 고맙다는 말을 듣고 온 내게 밥 먹
을 자격이 있다며 맛있는 걸 사 주셨습니다. 아버지의 상
때문이 아니라 나는 일요일이면 양로원에 가서 예쁘다, 착
하다, 고맙다는 이야기를 듣는 게 그렇게 좋았습니다. 아버
지 아닌 타인으로부터 칭찬과 사랑을 받은 최초의 경험이
었습니다. 내 노래와 애교로 초점 잃은 할머니들의 눈에 돌
던 활기를 지금껏 잊을 수가 없습니다. 그 소중한 경험은
이후의 내 인생에 많은 영향을 끼치게 됐습니다.

아버지가 가르쳐 준
봉사의 삶

아버지는 이복형제들 중 유독 나에게 더 봉사를 강조하셨습니다.
주말엔 무조건 봉사를 하는 것이 일상이었습니다.
아버지의 가르침이 내겐 병이 되었나 봅니다.
몸이 아파 죽을 지경이어도 봉사를 안 가고 누워 있으면
마치 꾀를 부리고 있는 듯 마음이 아프고 불편했습니다.
지금도 나를 필요로 하는 사람을 도와야만
불편함과 상처가 치유되는 듯 느껴집니다.

눈물도 웃음도 많은 나는 아마 아버지를 닮았나 봅니다. 아
버지는 늘 눈가에 눈물이 마르지 않는 분이었습니다. 차를
타고 가다가도 불쌍한 사람을 보면 내려서 옷을 벗어 주었
고, 구걸하는 사람도 그냥 지나치질 못했습니다. 어느 날은
길에서 부모에게 맞고 있는 아이를 보고 차에 내려서 부모
를 훈계하다가 어려운 집안 사정을 듣고는 지갑을 열기도

하셨습니다.

나에 대한 사랑도 대단하셨습니다. 학교 다닐 때 우리 학교에 기성회비를 못 내는 친구들이 있으면 아버지가 다 내주셨습니다. 어려운 선생님들은 양복도 한 벌씩 해 주셨습니다. 종교에 상관 없이 절과 교회, 성당 등 무슨 행사만 있으면 아낌없이 기부하고 도움을 주셨습니다. 나는 아버지와 함께 수많은 복지시설에 봉사를 다녔습니다. 이름도 가물가물하지만 부산의 사랑모자원, 영도 재활원, 송도 소년의 집, 주례 형제원, 부산은 물론 가까운 김해부터 서울, 제주도까지 일일이 기억하지 못할 정도로 많았습니다.

지금도 이해할 수 없는 한 가지는 아버지가 가족 중에 유독 나에게만 지나치다 싶을 정도로 봉사를 강조했다는 겁니다. 출생이 형제들과 달랐던 까닭이었을까, 다른 형제들은 공부를 잘하는데 나는 못해서 그랬을까요. 나는 이유도 모른 채 다른 사람을 도와야 밥 먹을 자격이 있다는 아버지의 말씀을 철칙이라 믿으며 자랐습니다.

초등학교 내내 양로원에 다녔고, 중학교에 올라가면서부터는 학교 근처에 있던 모자원에 다녔습니다. 자원봉사는 내 삶의 일부분이 되어 버렸습니다. 막 세상에 대해 눈을 뜰 무렵, 나는 모자원에서 참 많은 것을 느꼈습니다.

괴정동 산비탈에 있는 초라한 모자원 건물에는 엄마와

아이들이 사는 닭장 같은 방들이 다닥다닥 붙어 있었습니다. 다리를 다 뻗을 수 없을 정도로 많은 가족들이 한 방에서 살고 있었습니다. 아침이면 공동화장실 앞에 아이들의 줄이 이어지고 여기저기서 빨리 나오라는 고함이 터져 나왔습니다. 마당에서는 씻기 싫어 도망다니는 아이들과 물을 아끼라고 소리 지르는 엄마들의 목소리가 섞여 무척이나 소란스러웠습니다.

내가 주로 맡았던 일은 주말 아침에 연탄을 갈아 주는 일이었습니다. 엄마와 아이들은 복잡한 마당에 나와 씨름을 했지만 그나마 엄마가 있는 집은 좀 나았습니다. 엄마가 새벽부터 일을 나가서 아이들끼리 있는 집은 정말 아수라장이었습니다.

그날도 일요일이었습니다. 빨리 연탄을 갈고 교회에 가야 해서 마음이 바쁜데, 나보다 조금 어린 여자 아이가 내 옷을 잡고 놓지를 않았습니다. 부러운 듯이 나를 바라보며 말도 안 하고 계속 내 옷만 만지작거렸습니다. 왜 그러냐고 물어보면 금방 울 것 같은 눈으로 나만 바라보는데 마음이 찡했습니다. 옷을 잡고 있는 아이의 손에서 전기가 흐르는 것 같았습니다. 난 그 아이와 옷을 바꿔 입었습니다.

'누구를 진심으로 위한다는 게 그저 시간 될 때 와서 할 수 있는 일만 대충 하는 게 아니구나. 내 모든 걸 내어 줄 준비가 되어 있어야 하는구나.'

그때 알았습니다. 남을 돕는 다는 것은 몸도 마음도 내 맘대로 하면 안 된다는 걸. 사람들에게 내 옷 하나 내 액세서리 하나도 상처가 될 수 있다는 걸.

한때는 방황도 했습니다. 고등학교 때는 사춘기가 시작되어 봉사활동에도 꾀가 나고 아버지가 미워지기 시작했습니다. 엄마 없이 외롭게 자란 이유가 다 아버지 탓인 듯 했습니다. 첫 생리를 하던 날에는 엄마 없는 내 신세가 너무나 서러워서 며칠을 방에 틀어박혀 울었습니다. 나야말로 엄마의 보살핌이 필요한 불쌍한 아이인데 자꾸 다른 사람을 돌보라고 하다니요. 대체 그게 나한테 무슨 의미가 있을까 싶어 자원봉사를 그만두었습니다. 한동안 예쁘게 멋 내고 노는 데만 정신을 팔고 다녔습니다.

어느 날 이런 나를 묵묵히 지켜만 보시던 아버지가 갑자기 문현동에 있는 시각장애인 시설에 데리고 가셨습니다. 정말 가고 싶지 않았지만 내 의견은 아랑곳 않고 말 없이 손을 잡아 끄셨습니다.

그곳은 정말 처참했습니다. 여기저기 바퀴벌레가 기어 다니고 아이들은 바닥에 떨어진 라면 부스러기를 주워 먹고 있었습니다. 별 말씀 없이 내 손을 잡고 그 아이들을 바라보는 아버지의 눈은 참 슬퍼 보였습니다. 나도 뭔지 모를 슬픔에 왈칵 눈물이 났습니다. 그날부터 나는 다시 자원봉사를 시작했습니다. 그러면서 점차 누군가에게 절실히 필요한 사람이 되고 싶었습니다.

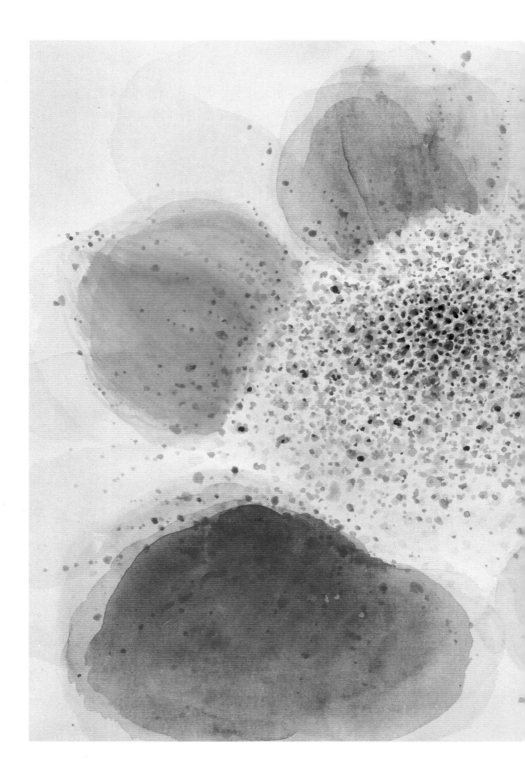

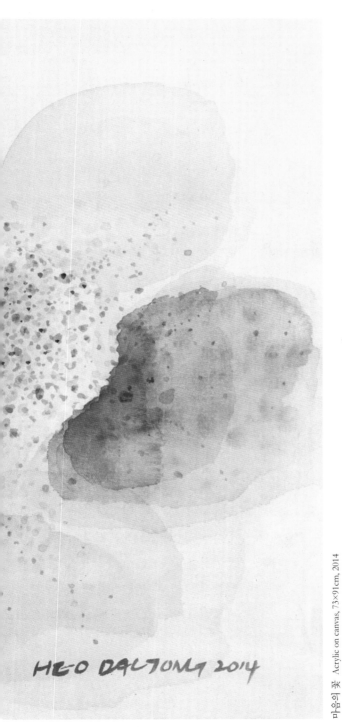

외로운 길,
가도 가도
끝 없는
외로운
내 삶의 길.

마음의 꽃 Acrylic on canvas, 73×91cm, 2014

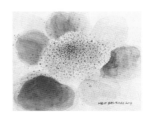

독립

형제들이 차갑게 외면할 때
아버지가 나보다 약한 사람을 챙기라고 강조할 때
사실 난 엄마가 그리웠습니다.
나의 꿈을 응원하고 나를 지지해 주는 엄마.
자라면서 엄마가 보고 싶을 때마다
나는 그런 엄마가 되는 꿈을 꾸었습니다.

아버지는 늦둥이 막내딸에게 공부하란 말씀을 하지 않으셨습니다. 다른 사람을 돕는 사람이 되라는 것만이 아버지의 유일한 가르침이었습니다. 대신 노래를 좋아하고 운동을 잘하는 내게 온갖 잡기들을 가르치셨습니다. 그 덕에 나는 좋아하는 노래를 할 수 있는 합창단원으로 활동했고, 기타와 피아노도 쳤습니다. 운동도 원 없이 했습니다. 그 시절에 골프, 승마도 해 봤고 한동안 기계체조에 두각을 나타내어 체조 요정을 꿈꾸기도 했습니다. 하지만 혹독한 훈련과 부상으로 기계체조를 포기하고 공부에 별다른 취미도 붙이지 못한 채 대학 진학에 실패했습니다. 그래도 별 불만 없이 자원봉사와 취미생활을 하며 살던 내게 아버지가 갑자기 청천벽력 같은 숙제를 던졌습니다.

스무 살이 되던 생일날이었습니다.

"니도 인자 스무 살 어른이 됐으니까 독립해야지. 언제까지 애비 품에서만 살 수는 없는 노릇이다. 이제 니 스스로 돈을 벌어라."

아버지는 좋은 분이었지만 단호한 분이기도 했습니다. 한번 아니라고 생각한 일은 뒤돌아보지 않으셨습니다. 독립하라는 말은 결코 그냥 한 말이 아니었습니다. 정신이 번쩍 들었지만 자신이 없었습니다. 갑자기 이런 법이 어딨냐며 투정을 부리고 매달렸지만 아버지는 한번 뱉은 말은 절대 주워담는 법이 없었습니다.

할 수 없이 고민 고민 하다가 얼토당토 않아 보이는 사업계획서를 작성했습니다.

"아버지 돈 50만 원만 빌려 주세요."

아버지는 기어이 딸에게 언제까지 갚겠다는 차용증까지 받고 빌려 주셨습니다. 빌린 돈 50만 원으로 커피 자판기한 대를 할부로 사서 적당한 공장을 물색해 가져다 놓았습니다. 당시에는 한국에 자판기가 많지 않을 때여서 수익이 좋았습니다. 재미가 쏠쏠해진 나는 자판기를 한 대 두 대 늘리면서 인근 공장과 대학교까지 진출해서 돈을 좀 벌었습니다.

그런데 호사다마라고 했던가요. 자판기에서 벌레가 나오고 위생이 엉망이라는 뉴스가 터졌습니다. 매출이 뚝 떨어졌습니다. 하지만 그대로 주저앉을 수는 없었습니다. 아이디어를 냈습니다. 속이 전혀 안 보이는 자판기 앞판을 다 떼어내고 투명한 아크릴판을 설치했습니다. 커피가 나오는 모습을 그대로 볼 수 있게 한 것입니다. 내 아이디어는 대박이 났습니다.

나는 아버지에게 이제부터 어떤 경제적인 도움도 받지 않겠다고 선언을 했습니다. 이만큼이나 호사스럽게 키워 주셨으면 됐다고 감사하다고 말씀 드렸습니다.

그렇게 독립을 한 나는 운이 좋았는지 돈 버는 재주가 있었는지, 사업을 썩 잘 키워 갔습니다. 야학 교사를 하면서 후원을 하고, 부름의 전화라는 곳에서 장애인 외출 도우미 봉사도 하면서 아버지의 가르침도 지켰습니다. 그럭저럭 여유 있고 만족스러운 삶이었지만 사람에 대한 그리움은 줄지 않았습니다. 자원봉사를 늘리고 사업을 늘려도 뭔가 채워지지 않는 외로움이 늘 마음 한 구석에 버티고 있었습니다.

그 시절 서면 지하상가를 지나다가 길에서 구걸하는 아이를 만나게 되었습니다. 일곱 살짜리 사내아이가 배가 고파 시설에서 도망을 나왔는데 그만 무서운 앵벌이 조직에 잡혀 구걸을 하고 있었습니다. 처음에는 그냥 지나쳤습니다. 그런데 며칠 동안이나 자꾸 그 아이 얼굴이 떠올라 망설이다가 위험을 무릅쓰고 아이를 집으로 데리고 왔습니다. 목욕을 시키고 밥을 해 줬는데 허겁지겁 밥을 먹는 아이를 보며 눈물이 났습니다. 순간 엄마 없이 자란 내 모습이 겹쳐보였습니다. 그날 알았습니다. 내 가슴의 허전함은 엄마에 대한 그리움이라는 것을요.

아버지 무릎에 앉아 놀던 철 없던 어린 시절, 아버지가 네 꿈이 뭐냐고 물으면 '국모'라고 대답했습니다. 텔레비전을 통해 알게 된 국모라는 말이 그렇게 멋있어 보였습니다. 세상의 엄마 중에서도 가장 멋진 엄마 같아 보였기 때문입니다. 아버지는 너털웃음을 웃으며 말씀하셨습니다.

"야야, 쪼매난 게 유별나기는…… 하튼 꿈도 유별나다. 국모가 뭐꼬? 하긴 국모가 뭐 별거 있나. 나라를 대표하는 자식을 가진 어미면 국모 아니겠나. 그라니까 니도 국모 될 수 있다. 하모 될 수 있고 말고."

엄마. 내가 가질 수 없는 존재라면 나 스스로 좋은 엄마
가 되고 싶었습니다. 돌이켜 보니 결혼도 하기 전에 나는
그런 생각을 먼저 했던 것 같습니다.

아버지와의
세 가지 약속

엄마는 여자가 되어서는 안 된다.
엄마는 세상에 맞서지 말아야 한다.
엄마는 좋아도 참아야 한다.

세진이를 키워야겠다고 굳게 마음먹은 날, 아버지에게 데리고 갔습니다. 아버지는 긴 침묵 끝에 입을 열었습니다.

"니가 내한테 어떤 딸인줄은 알재?"

"네."

"근데 야를 키우겠다 데꼬 왔나. 아이고 참……. 그래, 꼭 야를 낳아야겠나. 니 야하고 살라믄 뭐가 필요한지 알고 있나? 니가 앞으로 어떻게 살아야 하는지 제대로 알고 있는 거 맞나?"

"네."

나의 단호한 대답에 아버지는 내일 아침에 보자며 그대로 방으로 들어가 버리셨습니다. 왠지 서러워 세진이를 꼭 끌어안고 잠 못 들던 그날 밤이 기억납니다.

날이 밝기가 무섭게 아버지의 목소리가 들렸습니다.

"여보시게, 뭐하시오. 쟈들 밥 먹어야 하는데. 쟈들 먹을 반찬은 좀 했는교? 얘들 먹을라믄 뭐 부드러븐거 있으야 될낀데, 뭐 좀 했는교?"

일하는 분이 분주하게 움직이는 소리가 들리고 그날 아침 밥상으로는 잘게 찢어서 볶은 소고기와 달달한 소스에 절인 생선, 부드러운 계란찜 등 어린 아이가 먹기에 좋은 진수성찬이 차려졌습니다. 아버지는 만족해 하시며 세진이를 데려가 당신 무릎 위에 앉히고 당신 수저로 밥을 먹이기 시작했습니다.

"야는 뭐 안 가리나? 밥은 잘 묵나? 똥은 잘 싸나? 이름은 뭐꼬?"

"보육원에서 부르던 이름만 있어요, 아버지."

아버지가 세진이라고 이름을 지어 주셨습니다. 그리고 내가 어릴 적에 그랬듯이 세진이를 무릎 위에서 내려놓지 않고 간식까지 먹이셨습니다. 배가 불러 든든해진 세진이가 기분 좋게 잠이 들자 아버지 방으로 데려가 생전 꺼내지도 않던 목화이불을 꺼내서 도톰하게 깔아 놓고 그 위에 눕혔습니다. 내가 빤히 쳐다보니까 내 침대가 돌침대라서 배겨서 못 잔다 하셨습니다.

나는 속으로 미소지었습니다. 아버지가 세진이를 손자로 받아들이신 겁니다. 세진이를 재운 아버지는 나를 불러 앉혔습니다.

"니 정말 자신 있나? 니 잘난 척하려고 하는 거면 시작하지도 말아라. 그리고 입양은 입양이다. 니가 뱃속에서 낳아 놓은 것처럼 흉내 낼 생각도 말아라. 그란다고 쟈가 니 뱃속으로 들어가는 거 아니다."

"알고 있어요."

"자식을 꾸미는 말은 하지 마라. 자식에 대해 장담도 하지 마라. 자식에 대해 기대도 하지 마라. 니 눈을 보니까 지금 쟈를 잘 키울수 있다고 자신하는가 본데, 내말 잘 들어라. 니가 잘 키우는 게 아니고 쟈가 잘 커야 되는 거다. 알겠나. 어미가 자식에 대해 욕심을 부리는 순간 잘 자라고 있는 곡식에 내리쬐는 해를 가리는 것과 같은 기다. 니 알아들었나?"

눈시울이 자꾸 붉어져 와서 입을 열 수가 없었습니다. 고개만 끄덕였습니다.

"자식 키우는 것처럼 어려운 일이 없다. 내도…… 니가…… 니가 내한테……."

아버지도 잠시 말을 잇지 못하셨습니다. 나도 울음이 터질 것 같아서 아무 말도 할 수가 없었습니다. 아버지가 맘속으로 울고 있는 것이 보였습니다.

"니는 내한테 세 가지를 약속해라."

한참 후 아버지가 어렵게 입을 열었습니다.

"잘 들으라. 첫째, 야 엄마가 될라믄 누구 앞에서도 여자가 되지 마라. 둘째, 세상에 맞서지 마라. 못 볼 꼴 많이 보겠지만 맞서서, 싸워서 이기는 것은 없다. 셋째, 좋아도 참아라. 니 성격대로 칠락팔락 미친년 널 뛰듯이 하지 말라는 말이다. 좋거나 싫거나 똑같은 얼굴로 살란 말이다. 니 사정을 니 새끼들한테 알아 달라고 하지도 말란 말이다. 이래 살 수 있으면 니 맘대로 해라. 니는 니 새끼 땜에 울란가 몰라도, 내는 내 새끼 땜에 운다는 것도 알아야 된다……."

참았던 눈물이 나도 모르게 쏟아져 나왔습니다. 눈물을 주룩주룩 흘리며 목이 메어 고개만 끄덕였습니다. 아버지에게 언제나 아픔이었던 딸. 정말 행복한 모습을 보이고 싶었는데…….

내게 유일한 버팀목이었던 아버지는 재산을 모두 사회에 환원하고 2000년 어느 날 세상을 떠나셨습니다. 지금도 힘들고 외로울 때면 나는 아버지의 묘에 찾아가 웁니다.

결혼과
은아

―――――――

"결혼, 하셨죠?"
홀로 세진이를 데리고 고군분투하는 내게
때로는 주저하며 때로는 호기심을 반짝이며 사람들이 묻습니다.
네. 나는 결혼을 했었습니다.
내 호적에는 혼인신고도 되어 있고
이혼신고도 되어 있습니다.

이혼한 전남편과의 결혼생활은 쉽지 않았습니다. 죽을 결
심까지 했을 정도로 말입니다. 그래도 그에게 고마운 것이
한 가지 있습니다. 덕분에 큰딸 은아를 만났고 세진이를 입
양할 수 있었다는 것입니다. 당시만 해도 우리나라는 결혼
하지 않은 여성은 입양을 할 수가 없었습니다. 부부가 온전
히 있는 가정에서만 입양을 할 수 있었습니다.

자판기 사업을 하던 시절 우연히 알게 된 그는 결국 내 남편이 되었습니다. 하지만 함께 산 시간은 거의 없었습니다. 열렬히 구애하던 그와 얼떨결에 결혼을 하긴 했지만 그는 아직 가장이 될 준비가 안 된 사람이었습니다. 그는 큰딸 은아를 남겨 놓은 채 떠나 버렸습니다.

불행했던 결혼이 남긴 것이 또 있습니다. 가난과 빚이었습니다. 보증금 100만 원에 월세 10만 원짜리 방에서 은아와 보일러도 제대로 못 켜고 추운 겨울을 지냈습니다. 엄마에게서 떨어지지 않으려는 은아를 억지로 떼어놓고 닥치는 대로 일을 하러 다녔습니다. 월급날이 되면 그가 남긴 빚을 받기 위해 빚쟁이들이 집으로 몰려왔습니다.

그래도 내가 살 수 있었던 건 은아 덕이었습니다. 어릴 적부터 엄마의 속을 제일 잘 알아 주던 은아는 세진이에게도 든든한 누나가 되어 주었습니다. 그 어려운 시절에도 나는 주말이면 은아와 함께 자원봉사를 다녔습니다.

은아가 여덟 살 때 처음으로 세진이를 만났습니다. 제 마음에 세진이가 쏙 들어온 것처럼 은아도 그렇게 세진이를 예뻐했습니다. 처음으로 세진이를 집으로 데리고 온 날, 은아는 너무나 기뻐했습니다. 일주일 후에 다시 세진이를 시설로 데리고 가려고 하자 은아가 울며 매달렸습니다.

"엄마. 나는 쟤가 내 동생이었으면 좋겠어. 너무 예쁘잖아. 누나가 되면 동생한테 다 양보할게. 우리 함께 살아요. 네?"

그렇게 세진이는 우리 가족이 되었습니다. 세진이와 여덟 살 차이가 나는 은아는 세진이를 잘 챙겼습니다. 내가 일을 하러 나가면 은아가 세진이 엄마가 되어 주었습니다.

은아가 초등학교 4학년 때였습니다. 새벽에 일하러 나갔다가 은아가 학교 가기 전에 집으로 돌아와야 하는데 일이 끝나지 않았습니다. 학교는 가야겠는데, 도저히 세진이 혼자 집에 두고 갈 수 없었던 은아는 결국 포대기를 둘러 세진이를 업고 학교에 갔습니다.

"야, 애를 업고 학교에 오면 어떡하냐?"

"넌 엄마도 없냐? 어머, 니 동생은 손이 왜 그래? 애 좀 봐, 다리도 없어!"

아이들의 놀람과 놀림 섞인 말을 들으며 은아는 세진이를 등에 업은 채 화장실에서 울었습니다. 집안 사정을 모르는 선생님은 한술 더 떴습니다.

"은아야, 너 지금 60년대 드라마 찍니? 집에 데려다 놓고 와라, 어서!"

다른 아이 같으면 창피하다는 생각 때문에 학교에 세진이를 데려갈 생각도 하지 못했을 것입니다. 더군다나 남들이 꺼려 하는 장애가 있는 동생을요. 그런데 은아는 동생에 대한 애정으로 그런 것들이 보이지 않았던 모양입니다.

은아는 세진이가 가는 곳이라면 어디든 따라갔습니다. 세진이를 따라 학교도 옮겼습니다. 세진이가 다니던 초등학교 가까이에 있는 중학교에 다니면서 세진이를 돌봐 주던 은아는 세진이가 아이들에게 따돌림을 당하자 도저히 안 되겠다고 했습니다. 자신이 세진이와 함께 다닐 수 있는 학교를 찾아 달라는 것입니다. 일산에 초등학생과 중학생이 함께 다닐 수 있는 대안학교가 있다는 걸 알고는 전학을 가겠다고 했습니다.

"맘은 고맙지만 네 인생도 챙겨야지. 세진이 학교는 엄마가 어떻게든 알아볼게. 거긴 졸업을 해도 학력이 인정되지 않는 대안학교야. 은아야, 너무 내키는 대로 쉽게 생각하면 안 돼."

"엄만 하고 싶은 일 턱턱 잘 저지르면서. 내가 엄마 닮았지 누구 닮아서 이러겠어요. 내가 기분에 따라 내키는 대로 얘기 하는 것 같아? 어차피 나 공부에 취미 없는 거 알잖아. 세진이랑 같이 다니는 게 나한텐 공부보다 더 중요하단 말야. 엄마도 일하고 돈 벌어야 하잖아. 엄마한테도 그게 편할걸?"

조목 조목 이유를 대며 아무렇지도 않다는 듯이 밝게 말하는 은아의 고집을 꺾을 수 없었습니다. 대전에서 일산까지 이사를 해야 했지만 은아는 개의치 않았습니다. 그렇게 자란 은아는 사회생활을 시작한 후에도 세진이의 수영장을 찾아, 코치를 찾아 이사를 가야 할 때마다 직장을 옮겼습니다. 그래도 불평 한 번 하지 않았습니다.

"그 많은 친구들이랑 다 헤어져서 어쩌니?"

"정들면 이별이지 뭐. 친구는 또 사귀면 되고. 나 어디에 서든 잘 사는 거 엄마도 알잖아. 난 아무래도 방랑벽이 있나 봐. 전국이 내 집이고 온 국민이 내 친구야."

결혼은 불행했지만 내게는 소중한 두 아이가 남았기에 후회하지는 않습니다. 누가 뭐래도 귀한 내 아들 세진이와 동생에게 무슨 일이 생기면 언제든지 나타나서 해결해 주는 든든한 큰딸, 은아. 그래서 세진이는 누나를 '짱가'라고 부릅니다.

소중한
두 아이를 남긴
결혼,
후회하지
않습니다.

마음이 꽃 Acrylic on canvas, 73×91cm, 2014

EO DAL JONG. 2014

일자리를
주세요

엄마는 강합니다.
자식이 굶게 될 상황에 놓이자
앉아서 울고 있을 수만은 없었습니다.
아무리 험한 일이라도
자식을 굶기는 것보다는 나았습니다.

부산 토박이였던 내가 대전으로 터전을 옮긴 건 전남편과
빚쟁이들을 피해서였습니다. 불행해져가는 나의 모습을 아
버지에게 보여 드리고 싶지 않은 마음도 한쪽 구석에 있었
습니다. 이미 연세가 많아 몸이 쇠약해진 아버지의 건강은
예전 같지 않았고 이복형제들은 여전히 나를 없는 존재로
여겼습니다. 하지만 품에 은아를 안고 낯선 곳에서 시작한

새 삶은 쉽지 않았습니다. 일자리를 찾으려 했지만 일은 고사하고 당장 먹을 것도 입을 것도 없었습니다. 많지도 않은 돈이 탈탈 털리는 데는 불과 한 달도 걸리지 않았습니다.

버틸 수 없는 상황이 왔습니다. 일곱 살 은아를 굶길 수도 있겠다는 생각이 들자 더 이상 앞뒤 가릴 틈이 없었습니다.

원장이 좋아 보이는 피아노 학원에 가서 한 달 후에 학원비를 드리겠다고 통사정을 하고 은아를 맡겼습니다. 그리곤 바로 대전 시내로 나갔습니다. 길에는 구인광고도 많지만 아이를 돌보면서 다닐 수 있는 곳은 거의 없었습니다.

그때 길 건너에 백화점이 보였습니다. 무작정 찾아가 임원을 만나고 싶다고 했습니다. 그리고 주머니에 마지막으로 남아 있던 돈으로 150원짜리 자판기 커피 한 잔을 뽑아 들고 기다렸습니다. 문이 열리고 잠깐 들어오라는 허락을 받았습니다. 다 식어빠진 커피 한 잔을 임원 앞에 내려놓고 말했습니다.

"이게 제 전 재산입니다. 뇌물 치고 너무 비싸죠? 제 부탁을 꼭 들어 주셨으면 좋겠습니다. 제게 일자리를 주세요."

기가 막혔는지 그분은 나를 뚫어지게 쳐다봤습니다.

"당신이 여기서 무슨 일을 할 수 있다는 건가요?"

"이사님, 이사님 눈에 제가 여기서 무슨 일인들 못 할 것 같아 보이세요? 지금 제게 일만 주시면 저는 못 할 일이 없습니다. 기회만 주세요."

잠시 후 임원은 전화로 각 층의 팀장들을 불렀습니다. 갑자기 불려온 팀장들이 뜨악한 눈으로 '뭐지, 저 여자?'하고 바라보았습니다. 임원이 사람 구하는 매장이 있는지 물어보자 마침 식품 매장에 두부 담당 판매원이 그만두어 자리가 비어 있다는 대답이 돌아왔습니다.

"두부 팔아 본 적 있나요? 할 수 있어요?"

망설이지 않고 대답했습니다.

"네! 유니폼은 어디서 갈아 입으면 되나요? 참고로 저는 55사이즈입니다."

임원도 팀장들도 어이 없다는 듯이 웃었습니다. 나는 놓칠 수 없었습니다.

"내일이면 그 자리가 제 것이 되지 않을 수도 있잖아요. 지금이 중요하다고 생각합니다. 지금 당장 시작할 수 있습니다. 감사합니다. 시켜만 주세요."

그 길로 바로 식품부 팀장을 따라 지하 식품 매장에 가서 유니폼을 갈아입고 직원들에게 인사를 했습니다.

"안녕하세요. 새로 두부 판매하러 온 양정숙입니다. 제가 초짜라서 아는 게 없습니다. 잘 부탁 드립니다."

90도로 머리를 숙였습니다. 간절했습니다. 돈을 벌어야 했기 때문에 일자리 그 자체가 소중했습니다. 일도 열심히 했습니다. 남보다 더 부지런히 더 친절하게, 무슨 일을 시키든 가리지 않았습니다.

　이 일을 하면서 나는 점차 잘나가는 판매원으로 이름을 날리게 됐습니다. 두부를 팔다가 스카우트 되어 아동 내복을 팔았고, 또 다시 스카우트 되어 아동복 매장으로 올라갔습니다. 그리고 결국 대전과 청주 지역 아동복 매장을 총괄 관리하는 관리직까지 올라갔습니다. 늘 매출을 기대 이상으로 올려 모두가 탐내는 직원이 되었습니다.

　이렇게 차츰 시간이 지나며 부자는 아니지만 은아와 둘이 먹고 살 만한 형편이 됐습니다. 하지만 세진이를 만나면서 백화점 일을 그만두게 되었습니다. 세진이는 엄마의 손길이 많이 필요한 아이였기 때문입니다. 하루 종일 밖에서 일을 하면 세진이 엄마가 될 수 없었습니다.

엄마의
다양한 직업

베이비시터, 대리기사, 청소원, 배달원, 점원, 여행사 직원,
한 사람이 할 수 있는 일이 생각보다 참 많습니다.
수십 가지 직업을 전전한 내게 오직 변하지 않는 명함은
'세진이 엄마'라는 사실 뿐이었습니다.

세진이를 키우면서 내 인생은 완전히 바뀌었습니다. 내 몸
도 시간도 직업도 모두 세진이에게 맞춰야 했습니다. 세진
이는 엄마가 늘 옆에서 돌봐 줘야 하는 아이였습니다. 세진
이를 키우면서부터 베이비시터를 시작했습니다. 워낙 아기
들을 좋아하니 적성에 잘 맞기도 했고, 세진이와 함께 놀아
줄 수도 있어서 가장 오랫동안 한 일이었습니다.

밖에 나가면 할 수 있는 일이 시간제 아르바이트밖에 없었습니다. 그중 그나마 시간에 구애 받지 않는 일이 대리운전이었습니다. 아이들 재워 놓고 나가서 밤새 일하고 들어오면 되니까요. 하지만 대리운전을 하다 보면 생각지도 못한 서러움을 많이 당합니다. 취객한테 맞는 건 다반사고, 흔하지 않은 여자 대리기사이다 보니 만만하게 보고 돈을 주지 않고 애를 먹이는 경우도 있었습니다. 때로는 2차, 3차를 가자며 말 못할 행패를 부리는 사람도 있었습니다. 그래도 낮에 베이비시터를 하고 밤에 대리기사를 하면 수입이 좀 나아지기 때문에 그만둘 수는 없었습니다.

아이들이 좀 자라면서 하게 된 책 배달이 가장 편한 일이었습니다. 오후에 4~5시간 정도 일을 하면 되니까요. 책 배달할 때 아이들을 데리고 다닐 수 있어서 좋았고, 무엇보다 은아와 세진이가 엄마와 다니는 것을 너무 재미있어 했습니다. 게다가 아이들에게 새로운 책들을 실컷 읽힐 수 있어서 더 바랄 것이 없었습니다. 하지만 회사가 망하는 바람에 이 일도 그리 오래 하지 못했습니다.

입주 청소도 기억에 남습니다. 세진이가 의족을 하면서 목돈이 필요했습니다. 입주 청소는 몸이 고되지만 돈벌이가 쏠쏠했습니다. 입주 청소는 말 그대로 새로 완공된 아파트에 집주인이 입주하기 전 아파트 전체를 청소하는 겁니다. 베란다 섀시에 붙은 비닐을 뜯어 내고 싱크대를 닦고 천정에 붙은 등을 닦아야 합니다. 각종 거울과 유리도 닦아야 하고 여기저기 벽지며 문틀에 묻은 풀도 깨끗이 지워야 합니다. 계단 신주도 철수세미로 문질러 광을 내서 공사하면서 묻은 먼지와 때를 말끔히 지웁니다. 그렇게 꼭대기 층부터 1층 현관까지 청소하면서 내려오는 걸 하루에 다 해치워야 합니다. 보통 2인 1조로 작업하는데, 이 또한 억척스럽게 했더니 청소회사 담당자의 눈에 띄었습니다. 그리고 공사장 십장처럼 청소반장이 되었습니다. 15인승 승합차에 10명의 아주머니들과 청소 도구를 싣고 전국을 다녔습니다. 이 즈음엔 아이들도 어느 정도 커서 엄마 없이 둘이 있을 수 있게 되었고, 은아가 야무지게 세진이를 잘 돌보았습니다. 그 덕에 세진이는 의족을 살 수 있었고, 훗날 의족을 교체하는 데도 도움이 되었습니다.

그러고 보니 안 해 본 일이 없습니다. 간병인, 도우미도 해 보았고, 백화점이나 상점 점원, 여행사에서도 일했습니다. 이루 다 기억할 수 없을 정도로 많은 일을 닥치는 대로 했고 수많은 직업을 전전했습니다. 하지만 매번 최선을 다 했고 다행히 함께 일하는 사람들에게 열심히 일한다는 소리를 들었습니다. 은아와 세진이도 엄마가 어떤 일을 하든지 자랑스럽게 여겨 주었습니다. 아마 아이들 없이 혼자였다면 그렇게 억척스럽게 살지는 못했을 겁니다. 그래도 참 신기한 일은 두 아이 굶기지 않고 필요한 만큼은 언제나 내 손으로 벌 수 있었다는 겁니다.

세진이의 수술비나 의족 같이 큰돈 들어가는 일도 어떻게든 꼭 필요한 만큼은 해결이 됐습니다. 비록 전세방을 빼고 때로는 전세금을 날리기도 했지만요. 또 자원봉사를 하며 적은 돈이지만 기부도 할 수 있었습니다.

어려운 시절에 사기를 당한 적도 있지만 고마운 분들을 더 많이 만났습니다. 나는 감동도 잘 하고 화도 잘 내다가 금세 풀어지는가 하면 자아도취 하는 기질도 좀 있습니다. 맨몸으로 아이 둘을 데리고 이렇게 잘 살아온 자신을 돌아보면, 가끔은 '양정숙, 정말 기특하다'라고 칭찬해 주고 싶을 때가 있습니다.

인간의 삶이란 참 질긴 것입니다. 갈 곳이 보이지 않고 힘들어 죽을 것 같아도 어떻게든 살아집니다. 제비 새끼마냥 입 벌리고 있는 자식이 있기 때문일까요. 내 인생을 버텨 준 기둥은 나의 아이들입니다.

PART 4

그 좁고 험한
물의 길

재활치료는 평지에서 제대로 움직이지 못하거나
훈련이 힘든 아이들에게 다른 세상을 열어 주곤 합니다.
그렇게 세진이와 물의 인연이 시작되었습니다.
그때까지만 해도 그것이 얼마나 험난한 길인지 몰랐습니다.

수영,
절실한 선택

내 자식이 커서 뭘 해야 잘 살 수 있을까?
세진이가 커가며 현실적인 고민이 닥쳤지만
세진이가 선택 할 수 있는 길은 별로 없었습니다.
끊임없이 주변을 두리번거리며 공부했습니다.
아무리 좁고 험한 길이라도 내 자식이 갈 길을
찾아 내야 했습니다.

내 아들 세진이에겐 애초부터 기댈 언덕이 없었습니다. 아빠도 없고 엄마는 가난했습니다. 나는 든든한 백그라운드도, 세상 사람들이 좋아하는 학벌이나 능력도 없는 여자였습니다. 하지만 남부러울 것 없이 넘치는 것이 하나 있었으니, 자식을 위해 뭐든지 할 수 있다는 '의욕'이었습니다.

세진이가 어릴 때부터 두꺼운 대학 노트를 스무 권 넘게

채울 정도로 열심히 세진이의 미래를 설계했습니다. 이렇
게 하면 몇 년 뒤에 세진이가 어떻게 될까, 저렇게 하면 몇
년 뒤에 어떻게 될까. 수십 가지 경우의 수를 만들어 가며
세진이가 스무 살 때까지 해야 할 일과 세진이가 하고 싶어
하는 일들을 쭉 적었습니다. 그리고 그 옆에 은아는 몇 살
이고 무엇을 하고 있을지, 나는 또 몇 살에 무엇을 하고 있
을 것인지 적었습니다. 허무맹랑한 꿈도 쓰고 지극히 현실
적인 바람도 쓰고, 그렇게 닥치는 대로 적다 보면 불안한
나와 세진이의 미래에 위안도 되고 조금씩 뭔가 보이는 듯
도 했습니다.

년도	나이	세진이 할 일	은아 할 일	생활비
2000	4살 10살 32살	일어설 수 있다 재활치료는 화, 금 언어치료는 월, 수 한글 배우기 시작 시계보기 어린이집 가기	3학년 특별활동 검도, 장구 둘이서 밥 차려먹기 피아노학원 보내기 세진이 목욕 담당	준공청소 150만 원 보안지도 50만 원 부족한 수입은 뭘로 채우지?
2001	5살 11살 33살	잡고 걸을 수 있다 손과 다리를 수술한다 휠체어 사용 가르친다 워커 위주로 가르친다	4학년 체르니 30번 마치기 교회 반주하기 성적표 '다,나,가' 졸업 세진이 어린이집 등하 교 담당	수술비 400만 원 생활비 어쩌지… 전세금 1800만 원
2002	6살	유치원에 갈수 있다		
2003	…	…		
…	…	…		

예를 들면 이런 식이었습니다. 이렇게 쭉 적어놓고 수정하고 또 적어 놓고 수정하면서 최선의 방법이 무엇일까를 추려낸 끝에 세진이가 초등학교 들어갈 무렵에는 몇 가지 바람과 목표를 정리할 수 있었습니다.

- 절대 다치지 않고, 아프지 않기를
- 누구의 도움 없이도 혼자 살아갈 수 있게 해 줄 것!
- 혼자 걸을 수 있게
- 말을 잘 할 수 있게
- 직업을 가질 수 있게
- 결혼을 할 수 있게
- 성공했다는 말보다는 자랑스럽다는 말을 들을 수 있게
- 엄마랑 가족보다는 여리고 약한 사람들에게 힘이되는 사람이 되기를
- 내가 엄마임을 자랑스럽게 생각할 수 있기를

건강한 아이를 둔 여느 부모들이 보면 웃을지도 모르지만 내겐 절실한 소망이었습니다. 내 아들, 세진이가 다른 사람의 도움 없이 건강하게 살 수 있도록 해 주는 것이 첫 번째 목표였습니다. 그걸 해내기 위해 엄마가 뭘 해야 하나 고민하다가 외국의 재활 사례들을 뒤졌습니다. 인터넷으로 찾고, 도서관에도 가 보고, 관련된 전문가 모임이나 단체도 찾아다녔습니다. 그중에 제일 유용한 것은 인터넷이었습니다. 국내보다는 해외 사례들이 도움이 됐습니다. 영어는 못해도 눈치 하나는 자신 있었기 때문에 그림이나 사진을 이

것저것 캡처해서 모아 놓고 틈날 때마다 수백 번씩 들여다 보면서 연구하고 고민했습니다.

그렇게 태평양에서 보물섬 찾듯이 헤매다가 '심봤다' 싶은 책을 발견했습니다. 《오체만족》이라는 일본 책이었습니다. 일본에는 세진이처럼 손이나 다리 또는 복합적으로 몸이 결손되어 태어나는 아이들이 많다고 합니다. 세계대전 때 핵폭탄이 터진 영향 때문인 듯 한데, 이 책은 그 아이들의 부모가 모여서 경험담을 나눈 책입니다. 세진이와 똑같은 장애를 가진 아이들이 어떻게 살아가는지 적혀 있다는 소개글을 보고 무작정 일본어로 된 책을 샀습니다. 그때는 번역본이 없어서 일어를 전혀 모르는 상태에서 일본어 사전과 한자 사전을 찾아가며 책의 내용을 정리했습니다. 세진이에게 도움이 되겠다 싶은 것은 모조리 노트에 그림으로 그리고, 효과가 있을 것 같은 내용을 찾아 순서를 정했습니다. 그중에서도 가장 강렬하게 마음을 사로잡은 건 책의 표지였습니다. 아이가 물 속에서 눈을 뜨고 헤엄치는 장면. '그래, 이거다' 싶었습니다. 외국의 다양한 사례들이 공통적으로 이야기하는 것이 바로 '물'이었습니다. 물 속에서의 재활 치료는 평지에서 제대로 움직이지 못하거나 훈련이 힘든 아이들에게 다른 세상을 열어 준 경우가 많았습니다. 그렇게 세진이와 물의 인연이 시작되었습니다. 그때까지만 해도 그것이 얼마나 험난한 길인지 몰랐습니다.

물의 길
걷자,
뛰자,
날자,
넌 할 수
있어.

심상 풍경 Acrylic on canvas, 90×116cm, 2013

수영보다
백 배 더 힘든 것

남들은 독하다고 욕 하지만
사지가 불편한 자식을 물 속에 집어넣는
엄마의 심정을 알까요.
시련은 장애를 가진 내 아이가 아니라,
세상으로부터 올 때 더욱 높고 견고하게 느껴집니다.

수영은 세진이가 살아가기 위해 선택한 길입니다. 건강하게 제 몫을 다하며 살려면 걸어야 했고, 걷기 위해서는 재활 훈련이 시급했습니다. 세진이는 또한 척추측만증이 심했습니다. 엄마 뱃속에서 사지가 제대로 형성되지 못했고 척추도 온전치 않았습니다. 게다가 사지의 균형도 잡히지 않아서 자세가 틀어지고 움직일 때마다 통증을 느꼈습니다. 수영을 통한 재활 훈련은 틀어지는 몸을 바르게 잡아 주고 걷는 데 도움을 줄 거라고 믿었습니다. 땅에서 하는 재활 훈련은 한계가 분명했고, 해외의 다양한 사례들도 하나같이 물에서 하는 재활 훈련이 효과가 있다고 이야기하고 있었습니다. 그러나 취미가 아닌 생존을 위해 누구보다 수영이 필요한 세진이에게 수영장의 문은 쉽게 열리지 않았습니다.

세진이가 여덟 살, 대전에서 살 때였습니다. 세진이를 데리고 처음으로 동네의 작은 수영장을 찾았습니다. 우리가 사는 아파트에 있는 사설 수영장이라 내심 작은 배려를 기대했는데 나만의 착각이었습니다. 탈의실에 들어가서 옷을 벗기는데 벌써 주위 여자들의 수근거림이 들려왔습니다. 징그럽고 재수 없다는 겁니다. 일부러 내가 듣기를 바라는지 목소리가 노골적으로 커졌습니다.

겨우 초등학교 1학년이던 세진이가 분위기를 눈치채고 찔끔찔끔 울기 시작했습니다. 내복 바지를 잡고 안 벗겠다고 고집도 부립니다. 나는 괜찮다고 아줌마들이 처음 봐서 놀라서 그러는 거라고 애써 태연한 척 했습니다. 너 때문이 아니라 엄마가 너무 예뻐서 질투가 나서 저러는 거라고 웃겨도 보고 얼러도 보았습니다.

주위 여자들이 뭐라 해도 나는 바보처럼 웃으며 세진이

를 달래서 수영장 안으로 데리고 들어갔습니다. 하지만 한 번 맘이 상한 세진이는 물을 보더니 아예 경기를 하듯 벌벌 떨며 큰소리로 울고 불고 물 근처에도 못 가게 하며 내 목을 잡아 끌었습니다. 수영장에 있던 사람들이 옳다구나 싶었는지 시끄럽다고 어서 데리고 나가라고 소리쳤습니다. 세진이의 다리를 보고 무슨 수영이냐며 교양 없는 여자라고 나에게 훈계를 하기도 했습니다. 아파트 수영장 수준 떨어진다고 소리 치는 아줌마까지 나타났습니다.

어떻게든 수영 한번 시켜 보려고 죄인처럼 '네, 네……'하며 화도 못 내고 웃고 있는데 그럴수록 세진이는 옆에서 더 자지러지게 울었습니다. 혼이 쏙 빠져 버리는 느낌이었습니다. 일단 세진이를 달래려고 탈의실로 돌아왔는데 어떤 여자가 빨리 안 나간다며 던진 수영 모자가 뺨에 철썩 맞았습니다. 손바닥으로 맞은 것 마냥 매웠습니다. 아니 마음이 더 얼얼했습니다. 더 이상 웃을 수가 없었습니다. 결국 그날은 도망치듯이 집으로 돌아왔습니다.

어째야 할까……. 가슴이 답답했습니다. 하지만 분명한 건 수영장 물에 몸 한 번 담궈 보지 못한 채 포기 시키고 싶지는 않았습니다. 일주일 내내 집 욕조에 물을 받아 놓고, 뽁뽁 소리를 내는 오리 인형이랑 태엽을 감으면 움직이는 개구리, 물개 장난감 같은 것들을 넣어 세진이와 놀았습니다. 그 다음에는 한산한 대중 목욕탕에 데리고 갔습니다. 물 속에 공을 넣고 찾기 놀이를 하고, 내 심장 소리를 느끼도록 가슴에 꼭 안고 노래를 불러 주며 물과 자연스럽게 친해질 수 있도록 했습니다.

한 달 뒤에 다시 수영장에 갔습니다. 세진이는 입구부터 귀신같이 알아채고 칭얼대며 나가자고 내 목을 잡아 끌었습니다. 사람들도 여전히 세진이를 바퀴벌레라도 보듯 피하고 불쾌해했습니다. 무슨 원수라도 만난 듯이 노려보는 여자도 있었습니다. 그래도 참았습니다. 세진이만 바라보았습니다. 세진이를 달래서 수영장에 안고 들어가서는 책과 인터넷을 보며 공부한 대로 일단은 물 속에서 함께 놀았습니다. 그리고 스스로 계획한 재활 훈련을 시키는 데 집중했습니다.

주변의 차가운 시선을 견디며 무섭다는 세진이를 부여잡고 전쟁을 치르는 와중에 놀라운 사실을 발견했습니다. 세진이가 물 속에 들어가면 움직임이 달라진다는 것이었습니다. 겁이 나서 버둥버둥 하면서도 힘이 잔뜩 들어가 있던 다리와 몸이 확연히 풀어지는 느낌을 받았습니다. 제대로 딛을 수 없는 땅 위에서와 달리 몸무게를 덜 느끼며 마음대로 움직일 수 있는 물 속에서의 세진이 다리는 그 움직임이 완전히 달랐습니다.

수영을 시켜야겠다는 마음이 점점 굳어졌습니다. 눈치 안 보고 들어갈 수 있는 수영장을 찾아야 했습니다. 그러나 세진이가 마음 놓고 재활 훈련을 할 수영장은 어디에도 없었습니다. 그야말로 구걸을 하듯이 온갖 눈치를 보며 수영을 해야 했습니다. 수영장의 아이들도 부모들도, 수영장 담당 관리자들도 세진이를 거부했습니다. 수영복을 입은 세진이의 몸을 보며 괴물이라고 비명을 지르는 아이도 있었고 엄마들은 거침없이 저리 가라며 피했습니다.

"왜 병 걸린 애를 물에 데리고 들어와요? 우리 애들한테 전염되면 어쩌려고 그래요. 여기 관리자 없어요?"

아무리 자기 자식이 귀해도 무슨 생각으로 하는 소리일까요? 전염병이 아니라는 걸 정말 모르고 하는 소리일까요? 생각지도 못한 모진 소리들에 등 떠밀려 수영장에서 쫓겨난 적이 한두 번이 아니었습니다.

도대체 어떻게 하면 수영을 할 수 있을까 고민하다가 수영장 영업이 끝나고 청소를 해 주는 조건으로 세진이 수영을 시키기도 했습니다. 낮에 세진이 수영을 시키고 밤새 살균제로 수영장 전체를 청소하면 온몸이 파김치가 됩니다. 그래도 피곤한 몸보다 마음이 더 아팠습니다.

장애인 재활을 위해 지은 수영장에 찾아가기도 했지만 노인들 위주의 강습만 있었습니다. 장애인 수영장인데도 세진이가 너무 어려서 수영을 가르쳐 줄 수 없다는 이야기만 되풀이했습니다. 결국 꼭두새벽이나 저녁 늦게 좋은 조건의 금액을 제시하고 하루에 30분씩 일주일에 세 번 강습을 받았습니다. 그 사이 나는 배변 조절이 안 되는 노인들이나 지적 장애가 있는 장애인들이 수영장 물 안에서 변을 보면 그걸 잠자리채로 건져 내는 일을 했습니다. 급할 때는 내 수모를 벗어서 건져 내기도 했습니다. 빨리 제거하지 않으면 수영장 물을 다 빼야 하고 그러면 또 세진이가 며칠 동안 수영을 못 하게 되니까 누가 시키지 않아도 마음이 급했습니다. 이게 어떻게 받게 된 강습인데요! 아들 녀석의 수영 강습을 위해 나는 수영장 관리인이자 청소 아줌마 노릇을 할 수밖에 없었습니다.

일산으로 이사 가서는 집 근처에 좋은 수영장이 있었지만 여전히 장애인에게는 레인을 내어 줄 수 없다는 통보와 함께 출입 금지를 당했습니다. 어차피 이렇게 된 것 한번 부딪쳐 보자 하고 찾아간 잠실종합운동장의 수영장에서는 레인 하나를 한 시간 사용하는 데 몇백만 원을 내야 하고 개인 코치까지 있어야 한다고 했습니다. 그리고 개인 코치는 수영장에서 추천하는 사람을 쓰라고 했습니다. 더 큰 문제는 다른 곳에 있었습니다. 명색이 올림픽을 치렀던 수영장인데 엘리베이터는 커녕 오래되고 낡은 수십 개의 계단이 우리 앞에 떡하니 버티고 있었습니다.

결국 우여곡절 끝에 세진이가 수영을 제대로 배우기 시작한 건 은평구의 서부재활센터에서였습니다. 내가 자원봉사를 하러 다닌 적이 있던 은평 천사원에서 소개를 해 준 곳입니다. 거기에서 제대로 수영 강습을 받고 좋은 코치님도 만났습니다. 수영을 시키겠다고 마음먹은 지 2년만이었습니다.

세진이를
물에 뜨게 하는 법

그 누구도 원하는 것만 하며 살 수는 없습니다.
처음에는 세진이도 수영을 하기 싫어했습니다.
하지만 가야 할 길이라고 판단했을 때
나는 단호히 '하기 싫어도 해야 한다'고 말했습니다.

지금은 '로봇다리 수영 선수'로 유명한 세진이지만 처음부터 물을 좋아했던 것은 아닙니다. 오히려 무서워했습니다. 수영복을 입는 것도 싫어했습니다. 어린 마음에 감춰도 모자란 다리를 훤히 드러내야 하는 심정이 오죽했을까요. 그런데 지금에 와서 생각하면 세진이가 수영을 할 수 있게 도와준 것이 내가 자식을 위해 극성을 떨었던 것 중에 가장 잘한 일이 아닌가 싶습니다.

"엄마, 물에 들어가면 자유롭다는 생각이 들어요. 내 마음대로 다리를 움직일 수 있잖아요. 내가 가고 싶은 곳으로 로봇다리 없이도 갈 수 있잖아요."

땅 위에선 불편한 다리가 물 속에선 자유롭다고 세진이가 이야기했을 때 밀려오던 감동은 말로 다 못합니다. 아마도 내 인생에서 가장 기쁜 순간 중 하나였을 겁니다. 하지만 초창기에 수영 때문에 세진이와 씨름을 할 때는 그런 순간이 오리라곤 생각도 못했습니다.

물을 워낙 무서워했기 때문에 세진이가 물하고 친해지는 데는 시간이 오래 걸렸습니다. 나는 당근과 채찍을 번갈아 쓰며 세진이를 꾀었습니다. 물과 친해지기 위해 함께 놀아주기도 했지만 당근만 가지고는 안 됐습니다. 언제까지 봐 줄 수 만은 없었습니다.

"해야 해. 이게 네 몸이 건강해지는 길이야. 울어도 소용없어. 엄마는 이제부터 사정 봐 주지 않아. 너만 힘들어져. 해야 하는 거야! 우리 세진이는 할 수 있다, 그치?"

수영장에 가서 적응하는 기간만 해도 3개월 정도 시간이 걸렸습니다. 울고 불고 하던 세진이가 어느 정도 안정이 되자 둘이서 나름대로 수영 비스무리한 정도까지는 흉내내게 되었습니다. 이때까지만 해도 세진이가 수영 선수가 되리

라곤 꿈에도 생각지 못했기 때문에 튜브에 앉히고 물 속에서 다리를 움직이게 하는 것이 목적이었습니다. 말 그대로 재활 훈련이었던 것이죠.

물 속에서 다리를 움직이면 단순히 다리 운동에만 좋은 것이 아니라 허리와 골반 등 몸에 근육이 생기는 효과가 있다는 걸 여러 자료에서 보았습니다. 또 물이 주는 마사지 효과가 매우 크기 때문에 전신 혈액순환에도 효과가 있었습니다. 운동이 부족한 장애 아동들에게는 꼭 필요한 일이었습니다. 그리고 무엇보다 세진이를 걷게 하는 데 도움을 주는 것이 목적이었기 때문에 물 속에서 걷는 자세를 취하고 흉내를 내는 것도 훈련이었습니다. 그러면서 쉼 없이 '너는 걸을 수 있다'고 말했습니다.

"물이 얼마나 가볍니. 물이 얼마나 자유롭니. 물이 얼마나 부드럽니. 꼭 걷는 것 같지? 이렇게 하면 우리 세진이도 걸을 수 있을 거야."

그렇게 물을 좋아하게 되고 물 속에서 노는 것을 즐기게 되는 데 또 다시 일 년이 걸렸습니다. 하지만 여전히 물 위에 떠 보고 싶다거나 수영을 해 보겠다는 의욕이나 조짐이라곤 전혀 보이지 않았습니다.

그러던 어느 날 둘이서 장난을 하다가 실수로 튜브가 뒤집혀서 세진이가 물에 쏙 빠져 버렸습니다. 힘을 주고 버둥거리고 어푸어푸 죽을 둥 살 둥 난리가 난 세진이를 안아서 진정시키고 눈을 마주쳤는데, 엄마를 향한 원망이 보였습니다. 다시 물에 들어가지 않겠다고 하는 것 같았습니다. 불현듯 이 상태로 물에서 나가면 안 되겠다는 생각이 들었습니다. 겨우 물을 좋아하게 됐는데, 그것도 오늘로 끝이 날 것만 같았습니다. 나는 잡았던 손을 슬며시 빼 다시 세진이를 물에 놓아 버렸습니다. 그리고 소리를 질렀습니다.

"힘 빼! 세진아! 힘만 빼면 돼. 안 죽어. 절대 안 죽어. 그냥 하늘 보고 누워. 그래야 물에 뜰 수 있다고! 이제 엄마는 안 건져 줄거야. 스스로 떠야 돼. 남들 다 하는데 왜 못해! 할 수 있어!"

버둥대던 세진이도 안 건져 준다는 말에 포기한 듯 했습니다. 세진이가 체념하고 힘을 빼자 기적처럼 물 위로 떠올랐습니다. 세진이는 고요하고 담담하게 떠서 수영장 천장을 바라보면서 눈물을 줄줄 흘렸습니다. 나도 눈물이 나왔습니다. 세진이가 처음으로 물에 뜬 역사적인 순간이었습니다. 나는 수영장이 내려앉을 듯 방방 뛰었습니다.

"됐어! 됐다고! 거봐, 네가 물에 뜨지 못했던 건 가라앉을 거라는 두려움 때문이었던 거야. 이제 할 수 있어. 넌 원래부터 할 수 있었던 거야."

정신없이 소리 질렀습니다. 너무 좋아서 춤이라도 추고 싶었습니다. 그날을 생각하면 지금도 가슴이 벅차오릅니다.

실제로 그날 이후 세진이는 물을 겁내지 않았습니다. 드디어 물에 대한 두려움을 딛고 자신감이 생긴 것입니다.

그런데 신기한 일이 하나 있습니다. 세진이의 기억은 완전히 다릅니다. 그날 자신이 물에 뜬 것은 내가 자신을 물에 던져 버렸기 때문이랍니다. 저는 분명히 물에 빠진 세진이를 잡았다가 살짝 띄워 주려고 정말 사알짝 놓아 주었는데, 절대 그게 아니라고 주장합니다. 그러면서 피도 눈물도 없는 무서운 엄마라고 사람을 만날 때나 심지어 강연을 할 때도 두고두고 이야기합니다. 내가 억울해하면 더 즐거워하며 이 녀석은 나를 놀립니다. 아무려면 어때요. 상관없습니다. 어쨌든 그날은 역사적인 날, 수영 선수로서 세진이가 첫발을 내딛은 날이었습니다.

선무당이 자식을
수영하게 한다

나는 지금도 수영을 못합니다.
그런 내가 세진이에게 수영을 가르쳤습니다.
선무당이 사람 잡는다는 말이 있습니다.
하지만 엄마라는 선무당은 자식을 수영하게 합니다.

물에 뜨기만 해도 소원이 없을 것 같더니 세진이가 물에 뜨
자 수영에 욕심이 났습니다. 자식을 향한 욕심에는 만족이
없나 봅니다. 그렇다고 엄마가 가만히 앉아서 말로만 욕심
을 부리면 자식에게 스트레스만 줍니다. 나는 행동하는 욕
심쟁이 엄마입니다.

우선은 해외 재활 자료들을 보며 캡처해 놓은 사진들을

보고 수영 장비를 준비했습니다. 가뜩이나 물을 무서워하는데 안전장비 없이 수영을 시키면 움츠러들 것이 뻔했습니다. 다른 아이들이 잡고 연습하는 킥보드 같은 것은 겁이 많고 손가락이 불편한 세진이가 다루기에는 힘들 것 같아 마음이 놓이지 않았습니다.

영상에서 외국 아이들이 목에 튜브를 두르고 훈련하는 걸 보았습니다. 당시 한국에는 목 튜브가 없었습니다. 비슷한 걸 찾다 보니까 비행기가 비상 착륙할 때 입는 구명동의 중에 물 위에 목을 띄우는 튜브 같은 게 달려 있다는 걸 알았습니다. 옳다구나 하고 그걸 구해서 세진이 목에 받쳤습니다.

하지만 산 넘어 산. 세진이는 다리가 더 문제였습니다. 양쪽 다리가 무릎 부근까지 밖에 없고 길이도 다르기 때문에 다리를 잘 받쳐 줘야 했습니다. 다리에도 뭔가 안전장비를 끼워 줘야겠는데 이 또한 구하기가 쉽지 않았습니다.

우연히 바다에 관련된 영상을 살펴보다가 눈에 딱 들어오는 것이 있었습니다. 어민들이 바다에 띄워 놓는 흰색 스티로폼 같은 부표였습니다. 크기나 모양이 세진이의 짧은 다리에 안성맞춤이었습니다. 나는 어촌까지 찾아가서 그 스티로폼을 구해 왔습니다. 그리고 다리가 들어갈 수 있게 속을 파서 세진이 다리에 끼워 주었습니다. 다리로 물을 차는 힘이 약해도 부력으로 물에 뜰 수 있도록 말입니다.

걷지도 못 하는 애한테 수영을 시키자니 엄마는 발명왕이 됐습니다. 물이 얼마나 편안한지 느끼게 하는 것이 제일 먼저였기 때문에 기상천외한 도구들을 계속 만들었고 그것을 세진이에게 착용하게 했습니다. 이것저것 듣도 보도 못한 장비를 착용한 세진이를 보면 만화에 나오는 깡통 로봇 같았습니다. 세진이도 착용할 때마다 재밌어했습니다.

장비가 마련되자 세진이에게 수영을 가르친 것은 오직 내 '입'이었습니다. 손도 발도 다리도 아닌 주둥이 하나로 수영을 가르쳤습니다. 솔직히 말하면 나는 아직도 수영을 못합니다. 어릴 때 체조도 한 몸인데 이상하게 수영이 너무 어렵습니다. 여러 차례 배우려 했지만 결국 배우지 못했습니다. 체조를 하다가 척추를 다쳤던 후유증인가도 싶습니다. 그런 내가 세진이를 가르칠 수 있었던 것은 순전히 수영하는 영상을 보고 또 보고 하면서 화면으로 배우고 익힌 덕입니다. 책도 열심히 봤습니다. 그리고 정말 교과서에 써 있는 대로, 영상에서 선수들이 훈련하는 대로, 세진이에게 말로 수영을 가르쳤습니다. 그렇게 가르쳤기 때문인지 세진이의 수영 자세는 전문가들도 깜짝 놀랄 정도로 정확하다고 합니다. 그리고 덧붙입니다.

"세진이는 교과서처럼 수영을 하네요!"

맞습니다. 세진이는 정말 교과서에 적힌 대로 수영을 배

윘습니다.

참, 세진이가 수영에 재미를 붙이도록 한 방법이 하나 더 있습니다. 어린 마음을 살살 꼬인 그 방법은 스무고개였습니다. 스무고개 게임을 해서 한 고비 넘길 때마다 상을 주었습니다. 날마다 작은 고개가 있어서 훈련을 잘 끝내면 맛있는 푸딩을 사 주었습니다. 일주일은 큰 고개였습니다. 일주일 동안 치료와 재활 훈련을 잘 받고 수영을 잘 하면 일요일엔 세진이 먹고 싶은 것, 가고 싶은 곳, 하고 싶은 일을 다 하게 해 주었습니다.

세진이는 다 자란 지금도 세상에서 푸딩이 제일 맛있다고 합니다. 어릴 적에 힘든 시간이 끝나면 엄마가 사 주던 푸딩의 달달한 기억이 잊혀지지 않기 때문이 아닐까요.

수영 코치 찾아
삼만 리

힘든 자식에게
가장 가까운 사람은 누구일까요?
가장 힘이 되어 줄 사람은 또 누구일까요?
엄마입니다. 아무리 부족해도 엄마입니다.

서부재활체육센터에서 좋은 코치님을 만나 본격적으로 수영을 배우게 된 세진이가 생각지도 못한 말을 했습니다.

"엄마, 나 수영 선수 될래. 장애인 국가 대표 수영 선수!"

그전에 했던 등산이나 골프 같은 다른 운동과 달리 세진이는 점점 더 수영의 매력에 빠져들었습니다. 하지만 6개월도 채 안 돼서 수영을 가르치던 선생님이 그만두시는 바람에 다른 선생님을 찾아야 했습니다. 수원에 좋은 선생님이 계시다는 말을 듣고 우리는 망설임 없이 수원으로 이사를 갔습니다. 여자 선생님이라 아이의 감정을 세심하게 배려해 줄 것 같아서 더 마음이 끌렸습니다. 선생님은 세진이를 기꺼이 받아 주셨고 적극적으로 가르쳤습니다. 세진이의 수영 실력도 나날이 향상되었습니다. 그런데 1년 후 예기치 못한 사건이 터졌습니다. 경찰서에서 전화가 온 겁니다.

그날따라 세진이가 새벽 수영 훈련을 안 간다고 버텼습니다. 하루 쉬면 이틀 쉬고 싶고, 앉으면 눕고 싶고, 누우면 자고 싶은 게 사람 마음이라며 살살 달래서 수영장에 보냈는데 사달이 난 겁니다. 괄괄한 코치님이 세진이가 열심히 안 한다며 엄청나게 체벌을 했다는 것입니다. 세진이가 꾀병을 부린다고 생각했던 것이죠. 아이스하키 채로 100대를 맞고 학교 양호실에 가서 누웠는데 양호 선생님이 퍼렇게 난 멍자국을 보고 경찰서에 신고를 했습니다. 더 기막힌 일은 나도 폭행을 방조했다는 혐의를 받았습니다.

세진이를 평범한 아이들처럼 키우고 싶었습니다. 장애인이라고 다른 취급을 받게 하고 싶지 않았습니다. 코치님이 세진이를 일반 선수들과 마찬가지로 대해 준 건 감사한 일이지만 비상식적인 체벌 방식을 맞닥뜨리자 마음이 찢어졌습니다. 그간에도 분명히 심한 체벌이 있었을 텐데 이 미련

곰탱이 같은 녀석이 맞으면서도 엄마에게는 별일 아니라는 듯이 얘기했다는 것이 더욱 충격이었습니다. 굳이 이렇게까지 하면서 세진이에게 수영을 시켜야 하나, 회의가 밀려 왔습니다.

"세진아. 힘들면 그만하자. 꼭 수영을 해야 하는 건 아니야. 안 해도 괜찮아."

"엄마, 미안해. 근데 나 수영 할래."

"왜? 엄마 때문에? 뭐가 미안해? 안 해도 돼!"

"아냐. 속상하게 해서 미안하다고. 나 엄마 때문에 하는 거 아니야. 계속 하고 싶어."

"운동이 좋으면 다른 운동도 할 수 있어. 새로운 도전도 멋지잖아."

"아니. 물 속에 있으면 정말 자유롭게 느껴져. 땅 위에서는 맘대로 할 수 없던 다리지만 물 속에선 어디든지 갈 수 있을 것 같아. 그래서 엄마에게 말 안 한거야. 엄마가 때려치우고 다른 거 하자고 할까 봐. 난 정말 수영이 좋아."

체벌을 한 코치님이 유학을 가시는 바람에 자연스럽게 세진이는 다른 코치님을 구하게 됐습니다. 하지만 세진이는 코치가 맘에 안 든다고 금새 다른 코치를 구할 수 있는 처지가 못 됐습니다. 세진이를 가르치겠다고 나서는 사람도 없는데 그 와중에 믿고 맡길 만한 사람을 찾아야 하니 멀고도 험한 길의 연속이었습니다. 그래도 수영장을 찾아 코치님을 찾아 계속 이사를 하고 훈련을 했습니다.

사실 맞기도 하고 심한 욕도 듣고 힘들어 하는 세진이에게 그만두라고 하고 싶을 때가 많습니다. 코치를 찾아가서 다 뒤집어 엎고 싶을 때는 왜 없었을까요. 됐다, 이제 그만해도 된다고 호기롭게 소리치고 싶었습니다. 하지만 내 입에서 나오는 소리는 언제나 다릅니다.

"힘든 거야. 당연히 힘든 거야. 훈련은 좋아서 하는 게 아니야. 시련 없이는 아무것도 이룰 수 없어. 가자, 준비, 고!"

그나마 코치님께 배울 수 있는 시간대는 정해져 있습니다. 비용도 비용이지만 세진이 하나한테만 매달리는 전담 코치는 꿈도 꿀 수 없는 형편이었습니다. 나머지 시간은 나와 세진이가 나름대로 스케줄을 짜서 훈련해야 합니다. 한 달 계획, 주간 계획, 일별 계획을 만들어서 날마다 훈련을 했습니다. 때로는 전지훈련도 했습니다.

05:30	기상, 훈련 준비
06:00 ~ 08:00	수영
08:00 ~ 09:00	아침 식사
10:00 ~ 12:00	헬스
12:00 ~ 13:00	점심 식사
14:00 ~ 17:00	수영
18:00 ~ 19:00	저녁 식사
19:00 ~ 22:00	공부

하루에 운동 7시간.

학교 다닐 때도 했습니다.

06:00 ~ 08:00	수영
09:00 ~ 15:00	학교 수업
16:00 ~ 19:00	수영
19:00 ~ 20:00	저녁 식사
20:00 ~ 24:00	공부

하루에 운동 5시간.

"오늘 훈련 계획 말해 봐."

"배영으로 워밍업하고 자유형, 접영, 평영 10번씩 한 다음 스컬링하고 그 다음에 자유형 발차기, 접영 킥 50미터 씩 집중 연습!"

"엄마가 시간 잰다. 배영부터 시작할까?"

힘겨운 세진이의 스케줄이 안쓰럽기도 하지만 훈련에 돌입하면 나도 모르게 호랑이 코치로 변신합니다.

"위를 쳐다보지 말라고. 고개 숙여! 바로 나아가야지! 자세가, 자세가 위로 들리잖아. 고개 숙여!"

내 목소리가 수영장에 쩌렁쩌렁 울려 퍼집니다. 사람들이 저 불쌍한 애를 학대하는구나 하는 표정으로 바라봅니다. 그래도 어쩔 수 없습니다. 기술은 한참 부족한 선무당일지 몰라도 마음은 그 어떤 코치보다 전문가일 겁니다. 세상 어떤 엄마라도 자식이 꿈을 펼칠 수만 있다면 마녀라고 손가락질을 받는 한이 있더라도 최선을 다할 것입니다. 하물며 내 아들, 세진이에겐 아무리 선무당이라도 엄마만큼 진심일 수 있는 코치가 없기 때문입니다.

엄마의
하루

하루쯤 나를 위해 24시간을 쓸 수 있다면,
그 시간 동안 푹 쉴 수만 있다면, 얼마나 꿀맛 같을까.
하지만 자식이 나를 필요로 하기 때문에
엄마의 하루는 결코 엄마의 것이 아닙니다.

세진이가 수영을 하면서 하루하루가 정말 눈코 뜰 새 없이
바빠졌습니다. 그 전엔 수술과 재활 훈련에만 집중하면 됐
는데 이제는 수영까지 하게 되니 24시간이 모자랍니다. 물
론 생업도 하면서 세진이를 쫓아 다녀야 하는 싱글맘인지
라 하루 종일 입에서 단내가 나도록 종종거려야 했습니다.

한 치의 어그러짐 없이 하루하루가 반복됐습니다. 매일

새벽 5시에 일어나면 세진이 아침밥부터 준비합니다. 훈련을 가는데 빈속으로 보낼 수는 없습니다. 아침은 속이 편하도록 누룽지를 먹이거나 국, 밥에 볶은 김치, 계란찜 같이 부드럽게 넘길 수 있는 반찬을 준비합니다. 점심 도시락과 간식도 아침에 챙겨서 가지고 나갑니다. 운동선수에게는 영양 균형이 중요하기 때문에 먹는 것에 최대한 신경을 썼습니다.

점심 도시락으로는 밥, 국, 나물, 고기류, 밑반찬, 김 같은 걸 준비합니다. 오전 간식은 과일 한 가지에 견과류를 넣어서 2교시 마치고 먹도록 했습니다. 오후 간식으로는 소시지에 쿠키나 빵, 우유를 준비해서 항상 배가 든든하게 챙겨줍니다.

친구들처럼 학교 급식을 먹이지 뭘 점심 도시락까지 싸웠냐고, 엄마 극성이 과하다고 한다면 그건 오해입니다. 나도 살기 바빠서 요리를 즐기는 사람이 아니기 때문에 급식을 먹이고 싶었습니다. 하지만 세진이가 다니는 초등학교에는 엘리베이터가 없었습니다. 세진이네 교실이 5층인데 식당은 운동장 건너에 있는 건물 1층이었습니다. 짧은 점심시간 동안 세진이가 의족을 하고 5층이나 되는 계단을 내려가서 식당에 다녀오는 것은 거의 불가능했기 때문에 세진이는 교실에서 혼자 도시락을 먹었습니다.

이렇게 점심 도시락과 간식까지 준비한 뒤, 새벽 6시에는 수영장으로 출발해야 합니다. 세진이가 아침 식사를 시작하면 나는 먼저 나와 준비물과 먹을거리를 차에 챙겨 넣고 시동을 걸고 기다립니다. 세진이가 내려오면 바로 수영장으로 새벽 훈련을 떠납니다.

세진이를 데려다주고는 부리나케 집에 돌아옵니다. 세진이가 훈련을 하는 오전 2시간이 유일하게 설거지나 청소, 빨래 같은 집안일을 할 수 있는 시간이기 때문입니다. 집안일을 마칠 즈음이면 세진이 등교 시간이 됩니다. 서둘러 옷을 갈아입고 세진를 데리러 가서 8시 50분까지 학교에 데려다 줍니다.

9시부터는 내 일을 해야 합니다. 베이비시터 일을 했는데, 말은 베이비시터였지만 맞벌이 부부의 살림을 해주면서 유치원에 다니는 큰아이와 젖먹이 둘째를 돌봤습니다. 큰아이 유치원 보내고 집안일 하며 둘째 돌보다가, 오후 3시면 하교하는 세진이를 데리러 가서 오후 간식을 먹여 수영장에 데려다주고, 유치원에 간 큰애를 데리고 다시 일하는 집으로 돌아옵니다. 그리고 6시에 아기 엄마가 퇴근을 할 때까지 아이들 씻기고 유치원 숙제 봐주고 간식을 해 먹이면서 집안일을 합니다.

일을 마치면 그길로 수영장에 가서 오후 훈련을 끝낸 세진이를 데리고 집에 옵니다. 저녁 먹이고 세진이 공부 시키고 잠자리까지 봐주면 저녁 9시.

나는 또 다시 집을 나섭니다. '투잡'으로 대리운전을 해야 하기 때문입니다. 대여섯 시간 동안 대리운전을 하고 집에 돌아오면 새벽 2~3시쯤. 그렇게 파김치가 되어 잠이 들고, 새벽 5시에 다시 눈을 뜹니다.

세진이의 스케줄에 맞춰 일을 구하고, 세진이의 스케줄에 맞춰 움직였습니다. 잠시도 엄마의 손에서 놓을 수 없는 세진이를 키우며 내 시간이란 건 어디 먼 별나라의 이야기였습니다.

그렇게 몇 년을 살아온 걸까요. 세진이를 도와주시는 분들이 몇 분 생기고 후원을 받으면서 생업에 대한 부담은 조금 줄었습니다. 하지만 세진이가 대학생이 된 지금도 나의 하루는 별반 다르지 않습니다. 오히려 더해진 것이 있다면 운전사 역할입니다.

세진이의 활동 반경이 넓어지면서 운전하는 거리가 만만치 않았습니다. 연예인 로드매니저라도 되는 듯 종일 가방을 들고 세진이를 쫓아다니면서 운전을 합니다. 성균관대학교가 있는 수원과 집이 있는 화성은 30분 거리, 수영장이 있는 남양연구소까지는 1시간 10분 거리입니다. 하지만 이 세 군데를 오가다 보면 하루에 적어도 4시간 이상씩은 운전을 하게 됩니다. 일주일에 한 번은 서울 신촌에 있는 세브란스 병원까지 1시간 30분 거리를 다녀옵니다.

게다가 거제도, 광주, 부산, 멀리 멀리 산 넘고 물 건너 전국의 도시마다 시합을 다니고, 강연이니 캠프니 하면서 한 달에 두세 번 이상은 장거리 뛸 일이 생깁니다. 그러면 하루에 9시간 정도 운전도 흔한 일입니다.

나는 세진이의 엄마이자 동시에 발이기 때문에 피곤하다고 일을 그만둘 수가 없습니다. 실제 세진이가 움직이는 동선이 복잡하고 넓기 때문에 교통편이 마땅치 않고, 로봇다리로 씩씩하게 걷는다 해도 로봇다리는 로봇다리일 뿐이라 수영 도구가 든 큰 가방을 메고 혼자 다니는 것은 무척 위험합니다.

또 엄마로서 포기할 수 없는 마지막 이유는 이동하는 동안 세진이를 재우기 위해서입니다. 운동하며 공부하느라 몸도 힘들고 하루 24시간이 모자란 아이기 때문에 긴 이동 시간을 이용해서 잠을 자 두지 않으면 체력이 버텨내지 못합니다. 엄마가 미리미리 먹는 것, 입는 것 바리바리 다 챙겨서 준비해 가지고 다녀야 그 많은 운동량과 학교생활, 일상생활을 다 소화할 수 있습니다.

엄마이자 집안경제를 책임진 가장이고, 수송을 책임진 기사이자 매니저이며, 때로는 수영 코치인 나, 양정숙. 그래서 엄마의 하루는 잠시도 쉴 틈이 없습니다.

마흔이 훌쩍 넘어 얼굴이 쭈글쭈글해지고 몸뚱이가 예전

같지 않아도 언제나 엄마는 원더우먼입니다. 오늘도 천근 만근 무거운 몸을 일으키며 마음 속으로 외칩니다.

'나는야, 원더우먼! 힘내자!'

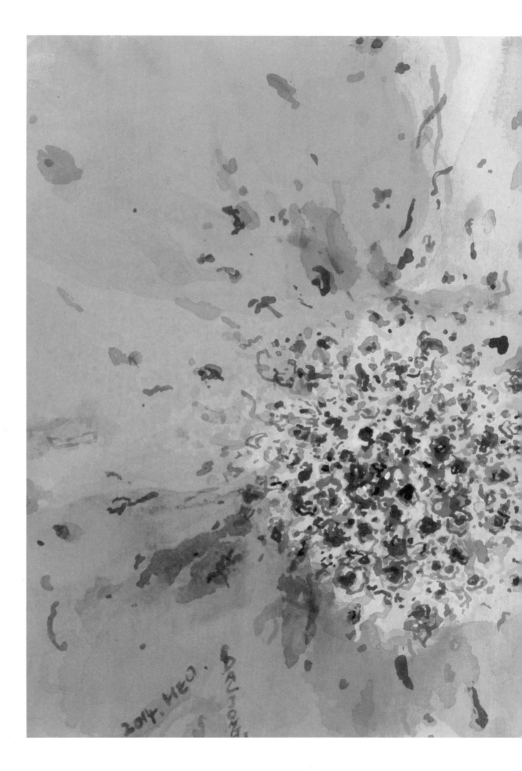

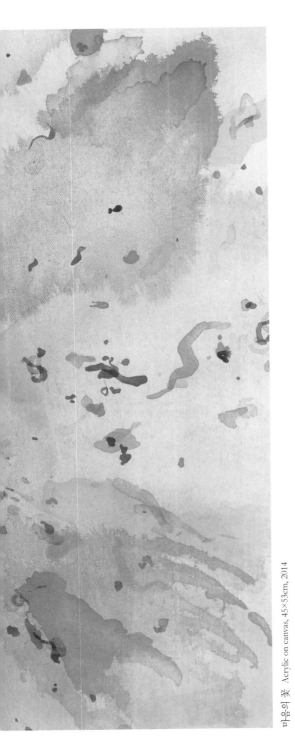

마음의 꽃 Acrylic on canvas, 45×53cm, 2014

아이가 나를
필요로 하면,
엄마의 삶은
엄마의 것이
아닙니다.

국제 대회에
나가다

―――――――

가진 것 없고 영어 한 마디 못하는 세진이가
국제 대회에 나갔습니다.
무모하고 어처구니 없는 도전이었지만,
안 될 것 같던 일이 이루어지는 걸 경험한 순간
아이도 자신의 껍질을 깨고 한 단계 성장합니다.

하루는 세진이가 훈련을 다녀오더니 말했습니다.

"엄마, 나도 수영 대회에 나가 보고 싶어요."

수영을 시작한 지 얼마 되지 않은 시기, 초등학교 저학년 때의 일입니다. 그러나 아무렴 어떤가요. 자식이 뭔가 해 보 겠다는 소리만 하면 단박에 흥분하는 나는 귀가 번쩍 뜨여 서 왜냐고 물었습니다. 친구들이 수영 대회에 나간다고 옷을 맞추고 단체로 릴레이 시합도 한답니다. 그걸 보니 자신도 하고 싶다고 했습니다.

"그럼 너도 그 친구들이랑 같이 하면 되잖아."

"나는 장애인이라서 안 끼워줄 것 같아요."

맞는 이야기였습니다. 아이들과 함께 수영을 할 수 있는 것만 해도 감지덕지하던 시기였으니까요.

한동안 세진이가 수영을 할 수만 있어도 고마울 따름이라고 여기며 평화롭게 지내던 내 마음에 전투 의지가 불타오르기 시작했습니다. 그날 밤 컴퓨터를 붙잡고 밤을 샜습니다. 인터넷 사이트를 뒤져서 장애인 수영 대회 영상을 모두 모았습니다. 그걸 편집해서 다음날 일도 나가지 않고, 세진이에게 영상을 보여 주었습니다.

수영을 시작할 때는 생각지도 못했던 놀라운 세계가 거기 있었습니다. 외국에서는 세진이보다 정도가 심한 장애인들도 수영 대회에 나가서 실력을 겨루고 메달을 받고 기쁨의 눈물도 흘렸습니다. 감동이었습니다. 세진이도 눈빛이 결연해지더니 마음을 굳힌 듯 했습니다.

"나도 수영 선수가 되고 싶어요. 수영 대회에도 나가고 싶어요."

그길로 몇 날 며칠을 밤잠을 설치며 세진이가 나갈 수 있는 대회를 찾았습니다. 나란 사람은 원래 자식 일에 한 번

발동이 걸리면 제어가 안 됩니다. 인터넷으로 찾을 수 없자 대한장애인체육회, 장애인수영연맹도 찾아갔지만 별 소득이 없었습니다. 그 당시 우리나라의 장애인 단체들은 이름만 달았을 뿐 실제로 장애인들을 위해서 무언가를 하고 움직이는 곳이 아니었습니다.

워낙에 꿈은 야무지게 꾸는 성미라 이왕이면 세진이가 세계적으로 공인 기록을 인정받는 시합에 나가게 하고 싶었습니다. 하지만 우리나라에는 제대로 된 공인 시합조차 없었습니다. 내 나라 대한민국에서 장애인 수영 선수가 할 수 있는 것이 거의 없다는 걸 알게 되자, 꿈을 접어야 하나 싶어 속이 상했습니다.

하지만 한 번 발동이 걸린 터라 멈춰지지가 않았습니다. 이왕 시작했는데 우리나라가 세상의 전부는 아니지 않나. 세진이라고 해외 대회에 나가지 못할 이유가 있을까. 해외 사이트를 뒤졌습니다. 그리고 알게 된 것이 IPC, 즉 인터내셔널 패럴림픽 위원회였습니다.

사람들이 잘 알지 못하지만 올림픽이 폐막하고 나면 2주 뒤에 장애인을 위한 패럴림픽이 열립니다. 국제올림픽위원회인 IOC 산하의 IPC는 패럴림픽을 주관하는 전세계 장애인 체육의 메카였습니다. IPC 사이트에 들어가니 국제 장애인 수영 대회에 관한 모든 정보가 있었습니다. 망설임 없이 가장 가까운 시일에 열리는 대회를 찾았습니다. 다행히 가까운 일본 오사카에서 대회가 열렸습니다. 당시 오사카 대회는 일본 전국체육대회이자 2006년 말레이시아에서 열리는 아시안게임에 출전할 일본 국가대표 선발전을 겸하고 있는 국제 공인 대회였습니다.

'옳지, 이거다!'

목표는 세웠지만 갈 길은 막막했습니다. 어떻게 참가해야 하는지 알 길이 없었습니다. 일단 일본의 대회 조직위원회에 편지를 썼습니다. 당시 우리는 일산 원룸에서 보증금 500만 원에 40만 원짜리 월세를 살 때였습니다. 당연히 가진 돈이 없었습니다. 그러나 죽으라는 법은 없나 봅니다. 마침 나는 여행사에서 일하고 있었습니다. 편지는 일본어를 잘하는 동료의 도움을 받아 썼습니다. 여행사의 도움으로 항공권도 싸게 사고 호텔도 싸게 얻을 수 있으려니 하고 긍정적으로 생각했습니다. 여행 비용은 월급을 가불할 계획이었습니다. 그리고 거짓말처럼 일본의 조직위원회로부터 참가를 허락하는 초대장이 왔습니다. 뒷날은 생각할 겨를이 없었습니다. 수영복만 달랑 챙겨서 현지에 방 하나 잡아놓고 무작정 일본으로 날아갔습니다.

무식하면 용감하다 하던데, 내가 딱 그 경우였습니다.

세진이를 둘러업고 대회장에 도착했는데 뭘 막 적으라고

하더니 등급 심사를 먼저 받아야 한다고 했습니다. 일어는 어릴 적 아버지 슬하에서 들어 본 적이 있어서 대충 몇 마디는 알아들었지만, 그래도 난생 처음 들어 보는 이야기들인지라 무슨 소리인지 알 수가 없었습니다. 그렇다고 영어도 정말 젬병이라 나는 무조건 '하이, 오케이!'하면서 따라다녔습니다.

오사카 대회에 출전한 한국인 선수는 세진이 뿐이었습니다. 그런 내가 안쓰러웠는지 신기했는지 어떤 분이 나에게 와서 '안녕하세요'라고 인사를 했습니다. 놀랍고 반가워서 한국 분이냐고 물었더니 교포라고 했습니다. 그분도 인사밖에는 할줄 모른다며 한국말을 떠듬떠듬 하는 어떤 사람을 불러 주었습니다. 그 다음부터는 그분이 하라는 대로 따라 다녔습니다. 나중에 알고 보니 그분은 일본의 큰 제철회사의 회장님이었습니다. 니시하라 회장님은 그날의 인연으로 이후에도 세진이가 일본 대회에 참석하는 데 많은 도움을 주시는 고마운 분이 됐습니다.

다음 날엔 몇 명의 외국인과 일본 여자 둘이서 우리에게 따라오라고 했습니다. 그러더니 세진이만 데리고 어딘가로 들어갔습니다. 나는 영문도 모르고 밖에서 계속 기웃거리며 기다렸습니다. 시간이 점점 가니 불안해져서 나중엔 거의 울 것 같은 표정이 되었습니다. 그런 내 모습을 보고 일본 여자가 나와서 뭐라 뭐라 말했습니다.

"아나따노 므쓰코 나이 다베 데쓰."

들은 풍월이 있어서 겨우 알아는 들었습니다. '당신 아들 안 잡아먹는다'는 이야기였습니다. 도대체 세진이는 어디에 간 걸까요? 아무것도 몰랐던 세진이는 그날 장애인 선수 등급 판정을 받았습니다. 장애인 경기에서 등급이 얼마나 중요한지도 모른 채 세진이가 받은 등급은 S7이었습니다. 세진이의 몸 상태에 비해서 유리하지 않은 등급이었지만 아무런 서류도 준비하지 않았기 때문에 증명할 도리가 없었습니다.

등급 판정을 받은 다음날부터 시합이 시작되었습니다. 주종목이 있는 것도 아니었고 어차피 경험을 쌓기 위해 참가한 대회였기 때문에 할 수 있는 시합은 다 하겠다고 했습니다. 하지만 의욕만 앞섰지 말도 안 통하는 곳에서 답답한 마음으로 눈치만 보며 이리 뛰고 저리 뛰는 것이 고작이었습니다.

다행히 후미오 감독이라는 분이 시합 차례가 되면 친절하게 안내를 해 주었고, 빈손으로 간 우리에게 도시락도 나눠 주었습니다. 밥을 어떻게 먹는지 시합 때 무엇을 준비해야 하는지 아무것도 몰랐던 나는 물 한 병도 준비하지 못했습니다.

말도 안 되는 '막무가내 정신'으로 하게 된 시합. 출발선에 선 세진이를 보며 만감이 교차했습니다. 일본에 와서 국제 대회에 서다니 현실이 아닌 것 같았습니다. 계속 헤매고 다니던 세진이는 시합 날짜가 지나면서 조금씩 아주 조금씩 제 기량을 발휘하며 적응하기 시작했습니다.

드디어 마지막 시합 날. 여전히 꿈일까 생시일까 싶게 출발 신호가 울리고 세진이와 8명의 선수가 함께 출발했습니다. 얼핏 보아도 세진이가 제일 작고 어렸습니다. 하지만 기적이 일어났습니다. 세진이가 6위로 들어온 것입니다. 8명 중에 6위가 뭐 그리 감격할 일인가 싶겠지만 세진이는 그때까지 50미터 완주도 못하는 선수, 아니 선수라고 하기에도 부끄러운 상황이었습니다. 그런 내 아들이 6위로 완주를 하다니 '이건 정말 꿈일 거야!'하며 내 볼을 꼬집었습니다. 시합 후에 나는 세진이를 부둥켜안았습니다.

"장하다 내새끼. 어떻게 이렇게 장할 수가 있니. 이게 꿈은 아니지? 정말 잘했어. 장하다, 장해!"

일본 사람들이 모두 일어나서 세진이에게 박수를 쳐 주었습니다. 후미오 감독이 세진이는 훌륭한 선수가 될 거라고 말해 주었습니다. 심판이자 등급 분류사인 노부꼬 상은 일부러 우리 자리까지 찾아와서 세진이를 안아 주었습니다. 그 모습을 지켜보는 내내 눈시울이 붉어져서 나는 자꾸 볼을 꼬집었습니다.

대회가 끝나고 숙소에 돌아와서 세진이가 했던 말이 생각납니다.

"오늘 출발대에 올라가서 마지막 시합만큼은 제대로 완주하게 해달라고 기도했어. 그러고 딱 출발했는데 갑자기 눈앞에 상어 한 마리가 보이는 거야. 너무 놀라서 정말 살려고 헤엄친 거야. 진짜 죽을 둥 살 둥 하며 수영했어."

그렇게 발버둥을 치다 보니 6위로 들어왔답니다. 푸하하, 웃음이 터져 나왔습니다. 그렇게 세진이는 일본에서 얼렁뚱땅 데뷔 경기를 치렀습니다. 우리는 호텔 앞 편의점에서 맥주와 아이스크림을 사다가 둘만의 축배를 들었습니다.

"브라보!"

좌충우돌
해외 시합 참가기

———————

우물 안 개구리로 키우고 싶지 않았습니다.
하지만 우리나라는 장애인으로 살아가기엔
벽이 너무나도 높은 곳입니다.
그럼에도 안 된다 막아서는 사람들 너머
넓은 세상을 바라보게 해 주고 싶었습니다.

우리 집에는 메달 박스가 있습니다. 내가 특별히 모양까지
고안해서 주문한 것입니다. 그 박스 안에는 세진이가 수영
대회에서 받은 메달이 무려 150개 넘게 들어 있습니다. 아
홉 살 무렵에 수영을 처음 시작했고 열한 살부터 본격적으
로 배우기 시작했으니, 선수 생활 6년 만에 모은 겁니다.

나는 세진이가 작은 상장이든 메달이든 뭐든 받아오면

집안에서 가장 잘 보이는 곳에 걸어 둡니다. 자신이 이룬 것에 대해 자부심을 느끼고 새로운 동기를 만들도록 자극을 주고 싶었습니다. 사람은 누구나 스스로 동기부여가 될 때 몇 배 더 열심히 노력하고 누구도 짐작할 수 없었던 성취를 이룹니다.

세진이가 수영을 시작하고 처음으로 가장 큰 자극을 받은 것은 오사카 대회였습니다. 막무가내로 참가했지만 우물 밖 세상을 보았고 목표가 뚜렷해지는 모습을 보며 적어도 1년에 한 번은 해외 시합에 나가자고 결심했습니다.

하지만 매년 해외 시합에 나갈 수는 없습니다. 무엇보다 가장 큰 문제는 참가 비용이었습니다. 궁리 끝에 방법을 하나 찾았습니다. 해외 시합용 통장을 따로 만드는 것입니다. 그 통장에는 무슨 일이 있어도 한 달에 50만 원씩 저금을 했습니다. 세진이도 용돈을 아껴 얼마씩 저금하고 나는 저금할 돈을 마련하기 위해 주말에 따로 베이비시터 일을 더 했습니다. 여행사에서 200만 원 정도의 월급을 받고 거기에 베이비시터 아르바이트까지 하니까 비로소 저금할 여유가 생겼습니다.

그래도 모자라는 달에는 대리운전을 뛰어서 채웠습니다. 주말에도, 남들 자는 밤에도, 쉬지 않고 일해서 모은 돈으로 1년에 한 번씩은 꼭 해외 원정 경기에 나섰습니다. 형편을 생각하면 주제넘은 일일 수도 있지만 아깝지 않았습니다.

지금 당장보다는 10년 후 내 자식의 미래를 바라보며 하는 일이기 때문입니다.

2010년에 독일 베를린 시합에 나갔을 때는 지금 생각해도 정신이 아득합니다. 낯선 곳에서 시합을 치르다 보면 꼭 한 번씩 낭패를 당하곤 합니다. 물론 얕은 외국어 실력이 가장 큰 난관입니다. 국제 대회에 참가하면 시합 전날 모든 코칭 스태프들이 모이는 회의가 있습니다. 다른 나라에서는 코치, 행정요원, 통역, 의료진 등으로 구성된 전문 스태프들이 선수들을 이끌고 오지만 우린 달랑 둘뿐입니다. 참가 신청부터 내가 코치 겸 매니저로 등록하고 현장에서도 그 뒤처리를 혼자 다 합니다. 코칭 스태프 회의에서는 주최 측이 시합의 규정과 주의사항에 대해 말해 주는데, 나한테는 거의 외계어 수준입니다. 도무지 무슨 말인지 알아들을 수가 없습니다. 혹시 무슨 질문이라도 하면 큰일이다 싶어서 눈도 마주치지 못 하고 맨 뒷줄에 앉아 있을 뿐입니다.
"엄마 뭐래?"
"그냥 열심히 하래."
내 대답은 언제나 간단 명료합니다.

좌충우돌 어처구니 없는 에피소드도 많습니다. 방송에서 뭐라고 뭐라고 떠드는데, '코리아, 세진 킴'이라고 하는 것 같았습니다. 무슨 일인가 싶어 맨발로 본부석으로 뛰어갔습니다. 그런데 또 뭐라고 뭐라고 떠들면서 심각하게 날 쳐다봅니다. 미치겠습니다. 한 마디도 못 알아듣겠습니다. 그런데 그 난국에 마침 북한 장애인 참가단의 통역이 우릴 도와주었습니다.

그런데 정말 황당한 이야기였습니다. 선수 등록이 안 되어 있다는 겁니다. 큰일입니다. 오후 4시에 시합이 시작되는데 벌써 1시 30분. 어떻게 하면 되냐고 물었더니 당연히 등록을 해야 시합을 뛸 수 있답니다. 시차 때문에 한국은 한밤중인데다가 때는 2010년, 월드컵에 온 나라가 빠져 있던 시기였습니다. 한국으로 아무리 전화해 봐도 받지 않았습니다. 걱정이 태산처럼 부풀어 올랐습니다.

어떻게 된 일일까요. 나는 분명히 장애인수영연맹에 선수 등록을 하고 등록한 서류와 돈을 낸 영수증까지 모두 들고 왔습니다. 국제 대회는 연맹을 통해 공식 신청을 해야 하는데, 결국 연맹에서 신청만 받고 정작 독일 대회에 등록을 안 한 것입니다. 어이 없고 화가 났지만 방법이 없었습니다. 나는 영수증과 등록 신청서를 보여 주며 주최측에 통사정을 했습니다. 필요하면 당장 본부가 있는 도시인 본에라도 가겠다고 했더니 담당자도 딱해 보였는지 우선 돈을 낸 것이 확인되었으니 오늘 시합은 참가하라고 했습니다.

그렇게 첫 시합에 참가하고 한국이 오전 시간이 되길 기다렸다가 장애인수영연맹에 연락해서 제대로 등록을 한 다음에 나머지 시합에 참가할 수 있었습니다.

　세진이를 부르는 경기 요원의 장내 멘트를 알아듣지 못한 적도 있습니다. 오전 시합을 하나 뛰고 오후 시합을 위해 긴장을 풀어 주려고 한가한 관중석 쪽으로 자리를 옮겼습니다. 세진이를 무릎에 눕힌 채 노래를 불러 주고 있었는데 뒤늦게 전광판에 'S.J. KIM'이라는 이름이 보였습니다. 나는 세진이를 업고 냅다 출발선으로 뛰었습니다. 하지만 경기 요원은 실격이라고 했습니다. 제시간에 출발대에 올라서지 못하면 실격 처리되는 게 정상입니다. 하지만 힘들게 돈을 마련해서 참가했는데 정작 출발대에 서 보지도 못하고 실격이라니요. 세진이를 둘러업고 눈물로 호소했지만 허사였습니다. 그 다음부터 세진이와 나는 선수 대기실에서 아예 자리를 뜨지 않았습니다. 다른 나라는 코치나 감독들이 자리를 지키고 선수들은 휴식을 취하지만 우리는 시합을 놓칠까 봐 선수 대기실에 돗자리를 깔고 계속 앉아 있습니다. 우리가 등을 대고 앉은 벽에는 '코리아, 김세진'이라고 써서 붙여 놓았습니다. 경기 진행 요원이 절대 우리를 놓치지 않도록 말입니다.

　실수투성이였지만 그래도 해외 시합에 다니면서 장애인

체육은 넓은 안목을 가져야 한다는 걸 깨달았습니다. 세계의 우수한 선수들을 보면서 훈련 방법은 물론 선수로서 만들어야 하는 몸과 식단이 따로 있다는 것 등 많은 것들을 다시 공부하게 되었습니다. 우물 안 개구리에 머무르지 않고 세진이의 기량이 단기간에 상승하게 된 결정적인 동기 부여도 됐습니다.

"몸은 거짓말을 안 해. 세상에 믿을 건 네가 한 노력뿐이야. 그만큼만 믿으면 돼. 결과는 인정하면 되는 거야. 이미 따 놓은 메달이나 결과에 연연하지 마. 네가 노력했다면 언젠가 분명히 좋은 결과가 있을 거야. 긴장하지도 말고. 오케이, 고우!"

세상 천지에 단 둘뿐인 외국에서는 정말 손을 꼭 잡고 서로 의지하게 됩니다. 기량이 우수한 선수들 가운데에서 세진이가 기죽지 않도록 쉴 새 없이 세진이를 격려합니다. 휴식 시간에는 눕혀 놓고 마사지를 해 주거나 노래를 불러 주기도 합니다. 소화가 잘 되도록 밑반찬은 한국에서 준비해 오고 아침에는 호텔에 있는 커피포트를 이용해 누룽지를 끓여서 먹입니다.

그렇게 24시간 긴장 속에서 붙어 있다 보면 아이가 더 잘 보이기도 합니다. 어릴 적엔 떼쟁이였던 세진이가 어느 순간 순둥이처럼 느껴졌습니다. 하지만 해외 시합에 나가 보니 세진이가 경쟁을 즐기는 성격이라는 걸 알게 됐습니다.

이기면 기뻐하지만 지면 눈물을 감추지 못합니다.

2008년에 영국 셰필드 대회에 나갔을 때였습니다. 첫날 경기에서 세진이는 다섯 종목에 출전해서 3개의 금메달과 2개의 은메달을 땄습니다. 그리고 다음 날 오전 경기에서 은메달 1개를 추가했습니다. 기량이 무섭게 성장하고 있었습니다. 그런데 이틀간 세진이가 딴 은메달 종목에서 세진이를 제치고 모두 금메달을 딴 선수가 있었습니다. 영국 동부 대표 션 맥기버. 세진이보다 두 살이 많아 키도 크고, 뇌병변으로 거동이 조금 불편하긴 하지만 두 다리로 걷는 데 별 지장이 없었습니다. 세진이보다 훨씬 몸 상태가 좋지만 등급이 같으니 라이벌입니다.

"션 형도 올림픽에 나올 거란다. 션 형을 이길 수 있어야 네가 올림픽에서 금메달을 딸 수 있을 거야."

마지막 시합은 세진이의 주종목인 자유형 400미터. 공인 기록이 조금 뒤지긴 하지만 세진이의 경기력은 날로 향상되고 있었습니다. 세진이가 올림픽에서 금메달을 노리는 종목이기도 합니다. 출발 신호가 울리고 세진이와 션이 물에 뛰어듭니다. 그리고 접전 끝에 세진이와 션이 거의 동시에 도착했습니다. 목이 터져라 응원하던 나는 반사적으로 전광판을 바라봅니다. 세진이의 눈도 이미 전광판을 향해 있습니다.

김세진 5분 41초 96.

션 맥기버 5분 41초 66.

0.3초의 아슬아슬한 차이로 세진이가 금메달을 놓치고 말았습니다. 기록을 확인한 세진이기 물에서 나오지 않고 남몰래 눈물을 훔치는 걸 보았습니다. 그런데 물에서 나와서 씩씩하게 샤워실로 들어가는가 싶더니 30분이 지나도 나오지 않았습니다. 한참이 지나서야 나온 세진이의 눈이 통통 부어 있었습니다. 자식, 억울해서 울었구나⋯⋯.

"괜찮아. 최선을 다했으면 된 거야."

"다음엔 이길 거야!"

놀랐습니다. 물에 들어가기 싫어 울고불고 하던 꼬마가 금메달을 놓고 벌인 경쟁에서 패하자 통한의 눈물을 흘리는 소년이 되었습니다. 세진이의 기록도 세진이의 정신력도 눈부시게 성장하고 있었습니다. 미친년처럼 해외 시합을 쫓아다니며 좌충우돌한 보람이 느껴졌습니다.

해외 대회에 나가면 거의 늘 대한민국 첫 출전자이자 유일한 출전자인 세진이. 지금의 경험이 미래의 거름이 될 거라는 믿음으로 처음 가는 길의 고달픔을 마다하지 않고 우리는 또 다시 해외 원정길에 나섭니다.

2층에서
떨어져도

우리나라는 뭐든지 참 빠르게 돌아갑니다.
발전도 빠르고, 인터넷도 빠르고, 서비스도 빠르고,
하다못해 음식도 빨리 나와서 좋습니다.
하지만 유독 느리디 느린 것이 있습니다.
바로 장애인 복지입니다.

세진이는 수없이 많은 해외 대회에 참가했습니다. 그리고
메달도 많이 땄습니다. 2006년에는 일본에서 열린 아시아
태평양 장애인수영선수권대회에서 자유형 50미터에서 5
위, 배영 50미터에서 6위를 차지했습니다. 2007년 독일에
서 열린 장애인수영선수권대회에도 참가하여 자유형 50미
터에서 2위를 차지했고, 2008년 호주 대회에서는 자유형

50미터에서 3위를 차지했습니다. 이후에도 영국 셰필드 대회, 캐나다 애드먼튼 대회, 미국 콜로라도 스프링스 대회 등 많은 해외 대회에 참가했습니다.

부자도 아니고 의사소통도 안 되며 월등한 실력도 없는 우리가 해외 대회에 결사적이었던 가장 현실적인 이유는 당시 우리나라에는 공인 기록을 인정받을 수 있는 장애인 시합이 거의 없었기 때문이었습니다. 그래서 국제장애인올림픽위원회가 인정하는 대회에 참가해서 좋은 기록을 남겨야 국가 대표 선발에 유리하고, 올림픽에 출전할 실력을 인정받을 수 있었습니다.

국제 대회에 나가면 새삼 우리나라 장애인 수영의 열악한 환경을 실감하게 됩니다. 코치도 선수단도 없이 달랑 둘만 참가하는 경우는 전세계적으로 우리밖에 없습니다. 특히 유럽이나 미국, 호주 같은 나라의 선수들과 코칭 스태프들이 즐겁게 웃으며 떼로 몰려다니는 걸 보면 사실 기가 팍 죽기도 합니다.

가장 부러운 것은 선수들의 표정입니다. 아무리 심한 장애를 가졌어도 표정이 너무나 밝고 자유로워 보입니다. 시설이 부러운 게 아니라 그 나라 사람들의 인식이 부럽습니다. 장애인에 대한 인식 말입니다. 그냥 '조금 불편하구나'라고 여기는 그런 생각, 장애가 있다는 이유로 다른 누구와 차별하지 않고 동등하게 대해 주는 모습이 정말 부럽습니다. 그래서 경기를 다 치르고 돌아갈 때마다 우울한 마음을 감출 수가 없습니다.

'세상 어디에도 맘 편히 갈 곳이 없구나…….'

때로는 한국에 돌아가도 우리를 반겨 줄 곳이 없는 것 같다는 생각에 외로웠습니다.

한국에서도 손 놓고 있지는 않습니다. 국내에서도 인정받고 경험을 쌓기 위해 세진이를 끌고 지방 곳곳 전국을 돌아다니며 어렵게 시합을 치렀습니다. 하지만 시합이 열리는 현장은 장애인 수영 대회가 열리는 곳이 맞나 싶을 정도로 환경이 열악했습니다. 일단 대회장 건물에 엘리베이터가 없는 경우가 대부분입니다. 장애인용 화장실이 없는 건 이제 놀랍지도 않습니다. 휠체어가 지나다니는 경사로에 떡하니 일반 차량이 주차되어 있어서 휠체어는 커녕 유모차도 못 지나갈 정도로 대회 준비 상황이 엉망인 경우가 많습니다.

어렵게 경기장에 들어가도 난감하기는 마찬가지입니다. 휠체어가 다닐 동선이 마련되지 않은 것은 물론이고, 시합 중에는 휠체어를 탄 선수들이 마땅히 대기할 곳이 없어서 오도 가도 못하고 바닥에 돗자리를 깔고 철퍼덕 앉아 있어야 합니다. 그중에서 가장 힘들게 하는 것은 선수 대기실과 관중석, 시합장, 화장실, 어디를 가도 계단뿐이라는 사실입니다. 경기에 참가하기 위해 세진이를 둘러업고 수많은 계단을 오르내리며 출발점까지 가야 했습니다. 그 덕에 지금 나의 허리는 정상이 아닙니다.

　광주에서 열렸던 장애인 수영 대회에 갔을 때였습니다. 경기장의 모든 곳이 계단으로 연결되어 있었습니다. 휠체어를 타고 다니는 선수들이 어떻게 계단으로 이동을 하나요. 나는 관중석에서 대기하다가 시합 차례가 되어 세진이를 업고 내려왔습니다. 수영장이라 곳곳이 물투성이였지만 한두 번 하는 일도 아니어서 조심조심 계단을 딛고 내려오는데, 지적 장애가 있는 어떤 아이가 아무 생각 없이 우릴 밀어 버렸습니다. 순간 균형을 잃고 밑으로 떨어지려는데 그 1초 동안에도 세진이 생각이 번쩍 들었습니다. 함께 굴러떨어지면 시합이고 뭐고 잘못하면 세진이가 죽을지도 모릅니다. 결사적으로 세진이를 그 자리에 던지듯 내려놓고 나 혼자서 2층 높이에서 뚝 떨어졌습니다. 다행히 세진이는 멀쩡했습니다. 그 순간 다른 건 확인할 새도 없었습니다. 시합을 놓칠까 봐 세진이를 업고 다시 출발대로 향했습니다.

　그 경기에서 세진이는 금메달을 땄습니다. 그 바람에 너무 기분이 좋아 허리를 다친 것도 몰랐습니다. 집에 와서 긴장이 풀리니 그제서야 허리가 끊어질 듯 아팠습니다. 덕분에 나는 병원에 입원했고 가뜩이나 약한 허리를 다쳐서 지금껏 오랜 허리 통증에 시달리고 있습니다.

최근 들어 한국장애인체육회나 장애인수영연맹의 조직이나 역할이 조금씩 커지고 있습니다. 우리나라에서 국제 대회를 개최하기도 합니다. 수영을 하는 장애 아동들도 많이 늘어났습니다. 하지만 이로 인해 단체 간의 이권 다툼과 선수들 간의 과열 경쟁이 종종 벌어집니다. 몸이 불편한 자식한테 운동을 시키는 정성을 가진 부모들인데 어찌 욕심이 없을까요. 이해는 되지만 서로 격려해 주기보다 밀어내려고 하는 분위기에 마음 아플 때도 있습니다. 세진이가 두각을 나타내며 금메달을 독차지하니까 다른 선수들이 단합해서 시합을 안 하겠다고 하면서 '김세진 선수 출전 거부'를 외친 적도 있습니다.

최근에는 세진이가 만 열다섯 살이라는 어린 나이에 대학생이 된 것이 문제였습니다. 대학생이라는 이유로 아예 학생체전에는 나가지 못합니다. 학생체전은 초, 중, 고교생들만 참여할 수 있기 때문에 안 된다는 겁니다. 게다가 전국체전에도 나갈 수가 없습니다. 전국체전은 만 열여섯 살부터 참가할 수 있기 때문입니다.

이렇게 선수보다는 협회나 대회의 편의에 의해 운영되는 경우가 많아 국내에서는 다양한 대회 경험과 경력을 쌓기가 더욱 어렵습니다. 이런 저런 이유로 2013년에는 단 한 차례의 국내 시합에도 나갈 수가 없었습니다.

우리나라가 선진국이 되어가고 장애인 복지도 많이 발전하고 있다고는 하지만 여전히 현장에서 선수로 뛰다 보면 갈 길이 멀다고 느껴집니다.

세진이와 나에게는 꿈이 있습니다. 세진이가 세계적으로 유명한 선수가 되어서 우리나라 장애인 수영 선수들이 좋은 환경에서 맘껏 운동하고 경기할 수 있도록 만들고 싶습니다. 세진이와 둘이서 손가락 접어가며 무얼 할지 구체적으로 계획도 세웁니다. 그날이 어서 왔으면 좋겠습니다.

엄마가
네 자존심이 되어 줄게

세진이에게 항상
대한민국의 자존심이 되어야 한다고 말합니다.
누가 들으면 비웃겠지만, 농담이 아닙니다.
최고로 잘난 1등만 대한민국의 자존심이 되는 건 아닙니다.
스스로 자존심을 지키고, 작은 꿈이라도 이뤄 내는 세진이는
누가 뭐래도 대한민국의 자존심입니다.

세진이가 대한민국 국가 대표로 뽑힌 건 2010년의 일이었습니다. 국제 대회를 다니며 장애인 400미터 자유형에서 세계 랭킹 1위와 아시아 랭킹 1위의 기록을 낸 덕이었습니다. 여태껏 세진이가 그렇게 좋아하는 모습을 본 적이 없었습니다. 얼마나 어렵게 시작했는지, 얼마나 구박 받으며 운동했는지 모릅니다. 운동 선수라면 누구나 달고 싶어 하는

태극기를 달기 위해 얼마나 땀을 흘려 왔는지요. 설움도 많고 아픔도 있었지만 지난 일은 다 오늘을 위해 있었던 과정이란 말이 맞습니다. 꿈에 그리던 국가 대표가 된 감격은 뭐라 말할 수 없는 그런 것, 마치 세상을 다 얻은 듯한 기쁨이었습니다.

좋아서 날뛰는 세진이를 진정시키며 문득 나는 차분해졌습니다. 세진이와 처음으로 일본 대회에 참가했을 때 도움을 주었던 후미오 감독의 말이 생각났습니다. 세진이는 매우 훌륭한 선수가 될 거라고, 엄마가 생각하는 것보다 훨씬 뛰어난 자질을 가지고 있는 것이 보인다고 했습니다.

'우리 애가 잘하나? 재활이 아니라 수영 선수로서 정말 가능성이 있을까?'

그때 처음으로 생각했습니다. 그런데 실제로 다음 시합 때부터 기록이 쭉쭉 당겨졌습니다. 몰랐던 세진이의 승부 근성을 발견하고는 내심, 이놈이 뭔가 이루어 내겠구나, 싶었습니다. 시합에서 지고 나면 샤워기 틀어 놓고 몰래 우는 모습을 보며 오늘의 눈물이 언젠가 영광이 되어 돌아올지 모른다고 믿었습니다. 남들이 뭐라고 해도 나는, 엄마는 매 순간 그렇게 세진이를 믿었습니다.

사실 세진이와 나는 국제 대회에 나갈 때면 늘 국가 대표라고 생각했습니다. 누가 그렇게 정해 준 적은 없지만 개인적으로 참가한 대회에서도 우린 대한민국 대표라는 걸 잊지 않았습니다. 물론 언젠가 정식 국가 대표가 될 것이라고 마음 속으로는 굳게 믿었지만요.

사실 운동을 잘하거나 권력이나 명예가 있어야 국가를 대표하는 사람이 된다고 생각지는 않습니다. 외국인들이 우리를 보며 한국인에 대해 긍정적으로 생각하게 된다면 우리 모두는 국가 대표입니다. 나는 항상 세진이에게 대한 민국의 자존심이 되어야 한다고 말했습니다. 누가 들으면 비웃었겠죠. 너 따위가 무슨 우리나라의 자존심이냐고 했을지도 모릅니다. 하지만 나는 농담이 아니었습니다. 괜히 한 말도 아니었습니다. 내 아들은 대한민국을 대표하는 수영 선수이고, 해외에 나가면 우리는 모두 국가 대표입니다.

국제 대회 참가 초기에 영국에서 개최되는 장애인 수영 대회에 나갔습니다. 기량이 쑥쑥 올라가기 시작한 세진이는 대회 내내 참가한 종목마다 메달을 땄지만 아무도 한국에서 온 선수에게 주목하지 않았습니다. 금메달도 땄지만 함께 간 팀이나 동료 선수가 없다 보니 박수 한 번 제대로 받지 못하고 둘이서만 축하했습니다. 금메달을 딴 사람이 한국 선수라고 알리고 싶은데 너무 안타까웠습니다.

그렇게 대회 마지막 날이 왔고 시상식이 진행됐습니다. 시상식에 앞서 다른 나라 선수들은 단체 사진을 찍고 신이

나서 어울리는데, 세진이는 혼자 멀뚱하니 휠체어에 앉아 있었습니다.

게다가 예기치 못한 일이 일어났습니다. 금메달 선수를 위해 올려야 하는 태극기와 애국가 없다고 급하게 주최측에서 연락이 온 것입니다. 한국 장애인 선수가 대회에 참가한 적이 한 번도 없었던 탓이었습니다. 미리 알았다면 내가 준비해서 갔을 텐데, 가슴을 쳤지만 이미 늦었습니다. 다른 나라 선수단은 국제 경기에 자주 참가하고 행정 담당 요원들이 있어서 미리 체크하기 때문에 대회 측도 설마 태극기와 애국가가 없을 줄은 몰랐던 것입니다.

참으로 초라하게 느껴졌습니다. 사실 해외 시합에 나가면 한국 대사관이나 문화원 같은 곳에 언제나 내가 먼저 전화를 합니다. 아무도 관심을 갖지 않더라도 혹시나 하는 마음입니다. 한국에서 선수가 왔다고 보고를 하고, 응원을 와줄 수 있는지도 여쭤봅니다. '알았다'라고는 하지만 단 한 번도 누가 온 적은 없습니다. 그러니 경기장에 태극기가 있을 턱이 있나요.

태극기와 애국가가 없다는 사실까지 알게 되자 세진이 얼굴에 실망감이 가득합니다. 나도 속이 상해서 세진이에게 말했습니다.

"이건 우리나라가 힘이 없어서가 아니야. 네가 우리나라를 제대로 알리지 못했기 때문인데 누굴 탓해. 내가 내 나라를 제대로 알려야 제대로 된 대접을 받을 수 있는 거지. 그건 누가 해 주는 게 아니라 네가 앞으로 해야 하는 거야."

속상한데 엄마에게 설교까지 듣고 풀이 죽은 세진이를 보며 나는 대회 사무실로 달려갔습니다. 급하게 종이를 찾으니 이면지밖에 없었습니다. 거기에 태극기를 그려서 뛰어나왔습니다. 아슬아슬하게 세진이가 금메달을 목에 걸 차례에 맞출 수 있었습니다.

세진이가 시상대로 나갔습니다. 어디서 그런 용기가 났는지 모르겠습니다. 영어도 제대로 못하는 내가 앞으로 나가서 아나운서의 마이크를 빌렸습니다.

"에브리바디 룩앳미. 아임 금메달리스트 세진 킴스 마더. 위아 프롬 코리아. 코리아 이즈 아시아 뷰티풀 컨츄리. 아이싱 코리안 송, 애국가."

콩글리시로 마구 말하고는 세진이에게 태극기를 쥐어 주었습니다. 금메달 단상에 올라선 세진이의 손에 이면지에 급하게 그린 태극기가 펄럭입니다. 나는 마이크를 붙잡고 애국가를 불렀습니다.

"동해물과 백두산이 마르고 닳도록 하느님이 보우하사 우리나라 만세……"

영어는 버벅거렸지만 애국가는 자신 있습니다. 주부들이 나가는 노래 대회에서 대전 지역 일등상을 수상했을 정도니까 말이죠. 난생 처음 보는 광경에 선수와 관중들이 박수를 치기 시작했습니다. 노래를 마칠 즈음에는 모두 일어섰습니다. 나도 가슴이 벅찼습니다. 그렇게 세진이는 선수와 관중들의 박수를 받으며 금메달을 목에 걸었습니다.

시상식이 끝나고 금메달을 목에 건 세진이를 보자 가슴이 벅차올라 말했습니다.

"세진아, 엄마가 너의 자존심이 되어 줄거야, 넌 대한민국의 자존심이 되어야 해."

세진이가 고개를 끄덕였습니다. 그리고 빙긋 웃었습니다.

"고마워, 엄마. 근데 다음엔 태극기랑 애국가를 우리가 준비해서 오자. 엄마 긴장했나 봐. 애국가가 파르르 떨리던데? 외국 사람들은 몰라도 나는 못 속여. 하하!"

"이눔의 자식! 누구 때문에 얼굴에 철판 깔고 한 짓인데 죽고 싶냐? 돌아가면 바로 극기훈련인줄 알아!"

우리 둘은 금메달을 목에 걸고 신나게 웃었습니다.

시합을 마치고 한국으로 돌아왔습니다. 갈 때도 그랬지만 올 때 역시 공항에는 아무도 마중을 나오지 않았습니다. 세진이가 금메달을 땄다는 것조차 아무도 모릅니다. 그래도 나는 그때나 지금이나 변함없이 말합니다.

'세진아 누가 뭐래도 너는 국가 대표다. 너는 대한민국의 자존심이 되어야 한다.'

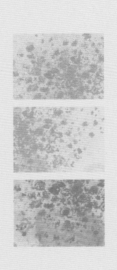

PART 5

영광과 시련

감히 나보다 더 훌륭한 엄마들에게 얘기하려 합니다.
당신의 아이들은 엄마가 생각하는 것보다
훨씬 큰 가능성을 가진 아이라고요.
세상 사람 모두가 안 된다고만 했던 우리 세진이가
한 걸음 한 걸음 나아가 이렇게 꿈을 이루어 왔듯이 말입니다.

내 몸에 찾아온
불청객, 암

엄마의 몸은 엄마의 것이 아닙니다.
특히 장애를 가진 자식을 둔 엄마는 건강해야 합니다.
영화 〈마라톤〉에서 장애인 아들보다 딱 하루만 더 살다 죽고 싶다던
엄마의 독백은 모든 장애아를 가진 엄마들의 소망이기도 합니다.

어릴 때부터 세진이를 업고 다니다 보니 내겐 허리병이 있습니다. 사실 어릴 적에 기계체조를 하다가 철봉에서 떨어져 척추 부상을 당했던 터라 허리를 조심해야 합니다. 상태가 심각해서 의사는 신경 손상으로 하반신 마비가 올 수도 있다고 했습니다. 아버지가 얼굴이 하얗게 되어서 몸에 좋다는 약은 다 구해다 주시고 정말 피눈물 나게 재활 운동을

해서 기적처럼 회복했습니다. 그래도 의사는 평생 무거운 걸 들어서는 안 된다고, 무리한 일은 절대 하지 말라고 당부했습니다.

하지만 사는 게 어디 뜻대로 되나요. 바람은 공주처럼 살아야 될 허리인데 현실은 세진이를 업고 뛰어 다니기에 바쁘니 허리가 남아나질 않습니다. 살면서 허리 통증과 피곤을 친구처럼 매달고 지냈습니다.

사고를 당한 적도 여러 차례 있습니다. 세진이를 업고 다니다 허리나 다리를 삐끗하는 사고는 예삿일이라 겁도 없어지고 이골이 났다고 생각했는데 또 다른 불청객이 찾아왔습니다.

몸에 별다른 이상이 있었던 것은 아닙니다. 다만 이상할 정도로 피곤하고 몸이 많이 붓기에 건강검진을 예약했는데 목에 뭔가 보인다며 큰 병원에 가 보라는 겁니다.

2012년, 세진이가 미국에서 열리는 장애인 수영 대회에 참가하기 위해 이것저것 준비하느라 정신이 없던 와중이었습니다. 귀찮아서 나중에 갈까도 싶었지만 그래도 혹시 시합 도중에 무슨 일이 생기면 안 되겠다는 생각에 세진이가 세브란스 병원에 갈 때에 맞춰 나도 진료 신청을 했습니다.

장애인 자식을 두고 있으면 늘 절실하게 느끼는 것이 내가 건강해야 한다는 것이지만 이상하게도 내 건강은 잘 챙기지를 못합니다. 설마 했는데 의사 선생님의 표정이 좋지 않습니다.

"조직검사를 해 보시죠."

암이었습니다. 그래도 좋은 소식은 암 중에 가장 착한 갑상선암이라고 했습니다. 나쁜 소식은 암 세포가 크고 위치가 좋지 않아서 전이의 위험이 있으니 최대한 빨리 수술로 제거해야 한다는 겁니다.

암이라는 말에 정신이 멍했습니다. 게다가 수술? 세진이가 아니고 내가? 얼떨떨한 내게 혼자 왔냐는 의사의 물음이 이어졌습니다. 선뜻 대답이 나오지 않았습니다. 나는 함께 올 보호자가 없구나 싶어 문득 서러웠습니다. 늘 아이들의 보호자로 살았지만 정작 내 보호자는 없었습니다. 하지만 곧 제정신으로 돌아왔습니다. 그런데 왜 하필 지금이지? 세진이 시합이 코앞이었습니다.

"수술을 당장 해야 하나요? 아들이 시합이 있어서 그러는데, 수술하고 바로 비행기 타도 되나요?"

의사가 기가 찬 모양입니다. 내가 걸린 갑상선암은 요즘 흔한 갑상선암하고는 다르다는 겁니다. 크기와 위치 때문에 전이의 위험이 높고, 목소리를 잃을 수도 있답니다. 착한 암이라도 10% 정도는 이 병으로 사망할 수도 있다고 겁을 주었습니다.

하지만 세진이의 이번 대회도 오래전부터 준비했습니다.

나는 다녀와서 수술을 받겠다고 우겼습니다. 집에 와서 세진이에게도 별일 아니라고 안심시켰습니다.

　강행군 속에 수영 대회를 마치고 파김치가 되어 한국으로 돌아와 바로 수술대에 누웠습니다. 아침 비행기로 돌아와서 밤에 입원하고 다음날 수술하는 일정이었습니다. 미국서 돌아오면서부터 머릿속엔 세진이 밥은, 학교는, 운동은 어쩌나 하는 생각뿐이었습니다.

　세진이는 힘든 수술을 여섯 번이나 겪었습니다. 자그마한 조직을 걷어 내는 게 아니라 말 그대로 뼈와 살을 깎는 대수술이었습니다. 엄마가 이 정도 수술에 떨어선 안 되죠. 걱정하는 세진이에게도 괜찮다고 이야기했습니다. 대신 병원에 들어갈 짐을 싸며 만일의 사태를 대비해 세진이에게 당부했습니다.

　"세진아. 엄마는 이까짓 수술 쯤은 괜찮지만 사람 몸이라는 건 하늘의 뜻이라……. 이제 너도 엄마에게 무슨 일이 생겼을 때 스스로 이겨 내고 네 인생을 책임질 방법을 생각해야 해. 열다섯 살이면 곧 성인이잖아. 네 인생은 네 것이야. 엄마는 나이 들어서도 너한테 의지할 생각 없어. 네가 자립할 수만 있다면 고마울 뿐이지. 엄마가 병원에 있는 동안 네가 어떻게 자립하고 앞으로 어떻게 살아갈지, 깊이 생각해 봐. 그리고 엄마가 돌아오면 계획서를 제출해야 돼. 계획서가 훌륭하면 엄마가 빨리 회복할 것이고, 만약 후지다, 그럼 그대로 몸져 누워 버릴거야. 각오해."

"울 엄마 별나기는. 수술이 코앞인데도 내가 마냥 놀까 봐 걱정인가 봐. 걱정 마세요. 엄마 몸이나 잘 챙겨. 안 그러면 계획서 엉망으로 써서 엄마 계속 누워서 쉬게 해 줄 거예요. 각오하세요."

세진이가 밝고 든든하게 대답해 주었습니다. 쉬면서 훈련이나 하라고 해도 세진이는 누나하고 병원까지 따라와서 입원하고 수술실에 들어가는 나를 보살펴 주었습니다. 거추장스럽다고 가라고 해도 굳이 내 옆을 지켰습니다. 그리고 수술실에 들어가는 내게 이야기했습니다.

"엄마가 수술하는 동안은 내가 엄마 보호자야. 내가 수술을 아주 많이 해 봤잖아. 별거 아니에요. 나만 믿어요. 딴 생각 아무것도 하지 말고 수술 잘 하세요. 화이팅!"

세진이를 문밖에 두고 수술실 안으로 들어갔는데 눈물이 나왔습니다. 언제 저렇게 컸지. 세진이가 내 보호자가 되어 줄 수도 있겠구나 싶었습니다.

"많이 아프세요?"

간호사가 묻는데 정신 없이 고개만 저었습니다. 마취약이 온몸에 퍼지는 몽롱한 상황에서도 이제 내게도 의지할데가 있다는 생각이 들었습니다. 나도 모르게 하염없이 눈물이 흘러내렸습니다.

　세진이 덕이었을까요. 수술은 잘 됐습니다. 하지만 세진이를 업고 쌩쌩 날아다니던 나도 나이를 먹나 봅니다. 여기저기서 몸에 고장이 났다고 신호를 보내며 아우성입니다. 무슨 이유인지 살도 무지하게 찌고 너무너무 피곤합니다. 하루에도 몇 번씩 주저앉을 정도로 눈앞이 까마득하게 보이지 않습니다.

　하지만 나는 아직 쓰러질 수 없습니다. 세진이가 스무 살이 될 때까지 내 몸은 내 것이 아니기 때문입니다.

　지금도 매일 새벽에 일어나서 밤까지 열심히 움직입니다. 도시락과 간식을 싸서 세진이를 태우고 하루에 적어도 4시간, 많으면 9시간씩 운전을 합니다.

　의사 선생님이 이 몸으로 어떻게 버텼냐며 체력 관리를 하고 식이요법도 해야 한다고 합니다. 무엇보다 휴식이 필요하다며 운동도 하고 좀 쉬면서 시간을 보내라는 사치스러운 주문도 합니다.

　그런데 엄마라서 도무지 그럴 시간이 없습니다. 세진이를 따라 다니는 데도 여전히 24시간이 모자랍니다.

세진이의
슬럼프

장애인 수영 대회에서 중요한 요소 중 하나가 등급입니다.
등급에 따라서 메달의 색이 바뀌기 때문입니다.
세진이와 같은 등급의 친구들은 팔다리가 다 있습니다.
세진이에게 말합니다. 생긴 거에 신경 쓰지 마라.
경쟁은 실력으로 하는 거지 생긴 걸로 하는 게 아니다.
자식의 일에 일희일비하며 끌려 다니면 안 됩니다.
엄마야말로 자식과 평생 전쟁을 치러온 백전노장입니다.

세진이에게도 슬럼프가 찾아왔습니다. 세진이가 열다섯 살
때 일이었습니다. 미국 콜로라도 스프링스 대회에서 세진
이는 등급 판정을 새로 받았습니다. 장애인 수영 선수들은
자신의 신체 조건에 따라 등급 판정을 받아야 합니다. 장애
정도에 따라 S1에서 S14까지 있는데 신체적으로 가장 장애
가 심한 친구들이 S1입니다. 신체적으로는 문제가 없는 시

각장애는 S11과 S12, 청각장애가 S13, 정신지체는 S14입니다. 수영 시합은 그렇게 장애 등급이 같은 선수들끼리 합니다. 팔 하나가 불편한 선수가 사지가 모두 불편한 선수와 시합하는 것은 불공정하니까요. 선수의 성장이나 몸 상태에 따라서 시기별로 적절한 장애 등급을 다시 받기도 하는데, 세진이는 S7입니다. 세진이가 처음으로 나갔던 오사카 대회에서 멋모르고 받았던 겁니다.

세진이 코치가 제안을 했습니다.

"세진이가 이번에 또 무릎 수술을 받았잖아요. 지금도 불리한 등급인데 계속 그 등급으로 가면 너무 억울 하잖아요. 수술까지 했으니 다시 등급 판정을 받으면 충분히 S6로 내려갈 수 있어요. 맞는 등급에서 공평하게 시합을 합시다."

세진이가 오사카 대회에서 아무런 준비도 경험도 없이 불리한 등급을 받은 건 사실입니다. 실제 세진이와 비슷한 조건의 친구들이 대부분 S6인 걸 보면 엄마가 모자란 탓에 힘겹게 운동해 온 세진이에게 미안하기도 했습니다. 만일 S6으로 내려간다면 상대적으로 등급 내 기록도 좋아지고, 올림픽에서 메달을 딸 확률이 더 높아집니다. 그러면 더 바랄 게 없을 것 같긴 했습니다.

이번 등급 판정에는 나름 대비를 해서 병원에서 서류도 준비하고 통역도 함께 갔습니다. 물론 통역이래봐야 세진이의 동갑내기 친구였습니다. 영어를 잘하는 은서는 평소에도 영어 자원봉사를 해 주고 있는데, 비싼 현지 통역을 쓸 수 없는 우리 형편에 딱 맞는 통역입니다. 미리 서류도 다 번역을 하고 나름대로 준비를 하고 꿈에 부풀어서 간 미국 대회. 하지만 기대가 어그러져버렸습니다. 등급 판정관이 세진이가 수영하는 걸 보더니 등급을 오히려 올려 버린 겁니다. S7에서 S6으로 떨어지길 기대했는데, S8이 나왔습니다. 이렇게 되면 거의 다리가 멀쩡한 선수들과 시합을 해야 합니다. 세진이의 몸 상태라면 누가 봐도 S7 아래로 나올 거라고 기대했는데 충격이었습니다.

"은서야, 판정원이 뭐라는 거니?"

세진이의 수영하는 자세가 워낙 좋고, 수영 능력이 계속 향상되고 있기 때문에 등급을 올려야 한다고 했답니다. 아…… 매사에 최선을 다하는 게 문제가 될줄 몰랐습니다. 등급 판정을 받을 땐 자신의 신체 조건을 고려해서 그에 맞춰 테스트를 받아야 하는 것이 공공연한 비밀인데 세진이는 시합을 하듯이 전력 질주를 한 것입니다. 이렇게 되면 신체조건이 좋은 S8 등급의 선수들과 경쟁하게 돼서 상대적으로 성적은 떨어지고 올림픽에 참가하겠다는 목표 자체가 흔들릴지도 모릅니다. 모자란 몸으로 죽기 살기로 열심히 해서 수영 자세와 기록이 좋아지면 상을 줘야지 오히려 등급을 올려 불이익을 받게 만들다니요.

세진이는 기가 막혀서 풀이 죽었고, 은서는 눈물을 글썽이며 항의하러 가자고 난리인데, 저는 자신이 없었습니다. 세진이에게 더 큰 실망을 줄 수도 있으니까요. 등급 판정을 다시 받자고 했던 코치도 머쓱해져서 괜히 심판관의 심기를 불편하게 하지 말고, 시합이 끝나는 날 나올 최종 판정을 기다려 보자고 했습니다. 하지만 마지막 결과도 마찬가지로 S8이었습니다.

뒤늦게 항의를 해 봤지만 몇 년 후에 다시 등급 판정을 받으라는 대답만 돌아왔습니다. 너무 속상해서 아무 말도 할 수가 없었습니다. 코치도 어처구니 없는 결과에 고개를 떨궜습니다. 차라리 가만히 있을 걸 대체 무슨 일이 벌어진 걸까요.

세진이는 혼자 숙소에 틀어박혀 버렸습니다. 미안한 건지 원망을 하는 건지 엄마에게 말도 걸지 않았습니다. 은서하고만 이야기하며 저희들끼리 억울해서 울기도 하는 모양이었습니다.

시합 후에 하려던 쫑파티도 관광도 다 취소하고 그냥 내버려 뒀습니다. 망연하게 초상집 같은 숙소에서 하루를 보내고 무거운 마음으로 한국에 돌아왔습니다. 제일 큰 걱정은 세진이의 실망이었습니다.

나쁜 일은 한꺼번에 온다고 했던가요. 바로 그 시합이 끝난 후 나는 병원에서 암 수술을 받았습니다. 내가 수술하는 걸 알게 된 세진이는 훈련도 안 하고 별 내색 없이 병원에서 곁을 지켰습니다. 이제 이 녀석이 마음을 많이 추슬렀구나 생각했습니다. 하지만 그렇지 않았습니다.

퇴원하고 나서 다시 훈련을 시작하려고 하니까 갑자기 세진이가 수영을 그만두고 싶다고 했습니다. 등급 판정에다 엄마 수술까지, 마음이 많이 상했던 모양입니다.

"엄마도 이제 나이 들었고, 몸도 편찮으신데…… 힘들잖아요. 내가 엄마 힘들게 하지 않는 일을 찾아 볼게요."

'에구, 뭐가 엄마를 위하는 건지 정말 모르겠냐. 못난 놈. 여지껏 해온 게 아깝지도 않냐. 엄마 수술할 땐 어른인 척 폼 잡더니 고작 이거였냐. S8로 뛸 일이 괴로우면 차라리 그렇다고 해. 엄마 속을 몰라도 너무 모른다, 으이구…….'

할 말이 목구멍까지 차올랐지만 속으로만 했습니다. 가슴에서 천불이 났지만 내색하지 않았습니다. 나야말로 지금까지 십여 년을 세진이만 지켜봐 온 백전노장입니다. 이럴 땐 아이가 하는 대로 끌려다니면 안 됩니다.

"그래? 수영이 하기 싫어진 거야? 그럼 고민하지 마. 하기 싫으면 안 하는 거지 뭘 고민해. 수영복 다 갖다 버리고 우리 놀러 다니자. 엄마도 수술하고 힘들다. 편하게 놀자."

엄마가 의외로 쿨한 반응을 보이자 세진이의 표정이 묘합니다. 한술 더 떠서 이렇게 말했습니다.

"우리 다 잊자. 집에만 처박혀 있으면 뭐하냐, 나가자!"

세진이를 꼬여 놀러 다녔습니다. 낚시도 가고 놀이동산
도 갔습니다. 맛난 것도 먹으러 가고 할 일 없이 드라이브
도 했습니다. 처음엔 긴가민가 하더니 계속 태평한 엄마를
보며 세진이가 슬슬 불안해합니다. 정말 하기 싫어서가 아
니라 응석을 받아 달라고 한 말이었는데 당장 그만두라고,
수영복도 갖다 버리자고 하니 더 이상 할 말이 없었던 겁니
다. 그렇게 실컷 노는 데에도 지치고, 며칠째 뒹굴뒹굴 할
일이 없어 몸을 뒤틀고 있는 세진이에게 말했습니다.

"몸이 근질근질하냐?"

세진이가 부스스한 머리를 벅벅 긁었습니다.

"너 생각 안 나니? 우리 넘어지는 연습 많이 했잖아. 이럴
때 일어나라고 엄마가 그렇게 모질게 가르쳤는데, 벌써 다
잊어버린 거야? 사람은 누구나 아무 것도 하기 싫을 때가
있어. 너도 잠깐 늪지대에 빠진 거야. 그럴 땐 힘 주고 용 쓴
다고 빠져나오지 못해. 뭔가 지렛대 역할을 해 줄 것이 필
요해. 논다고 답이 나오는 게 아니잖아. 엄마도 노는 것 따
라다니기가 훈련 따라다니기보다 더 힘들다. 사람이 미래
가 있어야지, 뭐 먹고 살 건데? 너 하고 싶었던 건 다 어쨌
어? 그 꿈들은 다 어디 간 거야? 진짜 수영복이랑 한꺼번에
싹 다 가져다가 버릴까? 이참에 그동안 고생한 거 다 말아
먹어 버리자."

"……."

"그건 싫어? 싫은가 보네? 그럼 네가 한번 찾아 봐. 지금 네가 빠져 있는 곳에서 어떻게 하면 빠져나올 수 있을지. 빠져나올 지렛대로 뭘 사용할지. 네 말대로 너도 다 컸으니까 엄마가 예전처럼 수영장에 던져 넣을 수도 없잖아. 이젠 둘러업고 끌고 다닐 수도 없고. 한번 믿어 볼게. 넌 분명 찾아낼 거야. 믿어도 되지?"

말 없이 고개를 끄덕이더니 다음날 아침에 세진이가 자고 있는 나를 깨웁니다.

"엄마, 수영 연습하러 가요."

그동안 보란 듯이 늦잠 자고 빈둥거리던 나도 두말 없이 일어나서 세진이를 태우고 수영장으로 갔습니다. 아마 세진이는 잘 이겨낼 겁니다. 걷지도 못할 텐데 왜 사서 고생이냐며 혀를 차던 사람들 앞에서 뜀박질을 보여줬고, 몸도 제대로 못 가누는데 무슨 수영이냐며 비웃던 사람들 앞에서 150개의 메달을 목에 걸었던 세진이니까요.

흐린 날도 있고 맑게 갠 날도 있지만, 우리 모자에겐 태풍이 몰아치고 번개가 번쩍일 때가 더 많았습니다. 그래도 세진이의 꿈은 현재 진행형입니다.

새로운 도전,
수영 마라톤

장애인과 일반인의 경계는 무엇일까요?
난 한 번도 세진이에게 할 수 없다고 이야기한 적이 없습니다.
세진이는 장애를 넘어 일반인 수영 대회에 도전했습니다.

이번에는 수영 마라톤입니다. 수영 마라톤은 2008년 베이징 올림픽에서 새롭게 올림픽 정식 종목으로 채택되어 첫 시합이 개최되었습니다. 하지만 우리나라에는 생소한 종목이어서 아무도 참가하지 않았고, 실제로 정식 선수도 없었습니다. 수영 마라톤의 한국 정식 명칭은 '원영'. 수영장이 아닌 강이나 바다에서 10킬로미터를 수영하는 엄청난 경기라서 마치 육상에서 인간의 한계를 초월하여 42.195킬로미터를 뛰는 마라톤과 견주어 '수영 마라톤'이라고 불리는 것입니다. 그렇게 일반 선수들도 함부로 도전하기 힘든 경기라서 장애인 경기는 아예 없습니다. 수영은 엄청난 체력이 소모되기 때문에 장애인 경기는 수영장에서조차 400미터가 최장 거리입니다. 하지만 세진이는 타고난 장거리 선수입니다. 그동안 세계대회에서 좋은 성과를 냈던 주종목도 400미터입니다. 그리고 장애인 올림픽 종목에는 없는 800미터 기록도 아주 좋습니다.

수영 마라톤이 있다는 걸 알고 세진이에게 툭 던지듯 이야기해 보았습니다. 세진이가 눈을 반짝입니다. 나와 세진이의 가슴이 동시에 뛰기 시작했습니다. 일반인을 위한 수영 경기지만 어떻습니까. 마라톤도 했는데, 오히려 장애인이 아닌 일반인 경기이기에 더 의미가 있지 않을까요?

우린 도전해 보기로 했습니다. 수영 마라톤은 우리나라에는 거의 알려지지 않아서 훈련 방법, 훈련 도구, 훈련 장소까지, 무엇 하나 도움을 받을 수 있는 것이 없었습니다. 부랴부랴 2008년 베이징 올림픽 때의 수영 마라톤 대회 영상과 2012년 런던 올림픽 때의 영상 그리고 2013 세계선수권대회 때의 영상을 찾아냈습니다. 세진이와 함께 영상을 살펴보며 우리도 할 수 있겠다, 한번 해 보자고 결론 내렸습니다.

　우리의 주특기인 무모한 도전을 또 다시 시작했지만 수영 마라톤은 생각보다 더 힘든 경기였습니다. 우선 훈련 강도가 매우 셉니다. 강이나 바다에서 10킬로미터를 수영하려면 기초 체력부터 튼튼하게 다져야 했습니다. 실외 수상 스포츠를 할 때 입는 래쉬가드라는 긴소매 수영복을 입고서 자신의 체중보다 더 나가는 중량을 몸에 걸치고 장거리를 천천히 연습해야 합니다. 세진이도 래쉬가드를 구해서 입고 하루에 두 번씩 매일 14킬로미터를 수영했습니다. 수트를 입지 않는 날에는 3킬로그램의 납 벨트를 허리에 메고 역시 하루에 두 번씩 14킬로미터를 해냅니다. 말 그대로 살인적인 연습량이었습니다.

　내가 자료를 구해서 공부하며 훈련 스케줄을 짰고, 세진이는 거기에 맞춰 훈련을 했는데, 어릴 때부터 워낙 강도 높은 훈련에 단련된 아이라 그런지 불만도 없이 엄청난 양을 소화해 냈습니다. 독한 내가 봐도 힘들겠다 싶은데 얼마나 힘들었을까요.

　수영 마라톤에서 또 하나 힘든 일은 닥쳐오는 위기 상황에 대한 대처입니다. 강이나 바다는 실내 수영장과 달리 파도와 물살이 있기 때문입니다. 특히 파도와 물살을 타고 넘지 못하면 물살에 휩쓸려서 속도를 제대로 낼 수 없을 뿐만 아니라 선수의 안전까지 위협받습니다. 세진이는 신체 조건이 남들과 다르니 더 위험합니다. 언제 어떻게 다가올지 모르는 물살에 대비해서 몇 배 더 연습해야 했습니다. 또한 수온이 일정하지 않은 데다 날씨도 변수입니다. 바람도 있고, 태양도 있고, 바닷속에는 물고기들도 있습니다. 해파리 같은 위험한 수중 생물에 노출되면 쏘이거나 물릴 수도 있습니다. 또 수영장이 아니기 때문에 레인이 없습니다. 많은 사람들이 한꺼번에 물에 뛰어드는 데다, 수영 도중에 물살에 휩쓸려 뒤엉키면 다칠 수도 있습니다.

　수영 마라톤은 이 모든 최악의 상황에 대비하고 이겨 낼 수 있는 투지를 키워야 합니다. 기록도 기록이지만 그래야 다치지 않고 시합을 마칠 수 있습니다. 세진이는 장애인이기에 더욱 불리합니다. 우리는 모든 경우에 대비해서 훈련에 훈련을 거듭했습니다.

　그렇게 반년 가까이 지났습니다. 우리나라 통영에서 대한수영연맹의 주최로 열리는 첫 시합이 있다는 소식을 들었습니다. 우리나라에서도 대회가 열리고 선수가 생기기 시작한 것입니다. 세진이도 대한수영연맹에 선수 등록을 해야 합니다. 장애인이라고 쓰는 란이 없어서 그냥 접수를 했습니다. 그랬더니 어머나! 일반인 선수로 등록이 되었습니다.

'우와! 드디어 일반인과 겨룰 수 있는 기회가 생겼다.'

드디어 대회 당일. 세진이와 나는 기대 반, 불안 반으로 가슴이 떨렸습니다. 통영에서 열리는 제1회 이순신배 수영 마라톤 시합. 엘리트 선수 10명이 출전하고 취미로 하는 동호인 선수가 200여 명 출전하는 시합이었습니다. 엘리트 선수들은 모두가 쟁쟁한 수영 선수들이라 외모에서부터 선수 냄새가 풀풀 풍겼습니다. 사지 멀쩡한 선수들 사이에서 세진이가 기가 죽으면 어쩌나 걱정했는데 의외로 세진이는 당당했습니다. 사람들의 시선이 쏟아지는데도 뻔뻔할 정도로 아무렇지도 않게 짧은 다리를 내놓고 워밍업을 합니다.

대회 시작 시간이 다가오자 주최측에서는 해파리에 물려도 책임을 묻지 않겠다는 각서를 받으러 다녔습니다. 오늘 물에 해파리가 많이 몰렸답니다. 비상 상황입니다. 이걸 또 어떻게 해야 하나요. 뜨거운 햇볕 아래 장시간 수영할 것을 대비해서 몸에 화상을 입지 않도록 자외선 차단제를 잔뜩 발랐는데 해파리는 미처 생각지 못했습니다. 해파리한테 안 물리게 하는 약이나 방법이 있나 찾아 보았지만, 그런 처방은 어디에도 없습니다. 그깟 해파리 때문에 여기서 포기할 수는 없으니 세진이에게 이야기했습니다.

"우린 그저 못 먹어도 고! 수영만 하면 된다!"

세진이가 벙긋벙긋 웃습니다.

사실 우리는 시합을 하러 내려올 때 진짜 최악의 경우를 각오하고 왔습니다. 주최측에서 장애인이란 걸 알면 출발도 못 하게 하는 것 아닐까 하는 불안감에서였습니다. 파도고 해파리고 간에 물에 발도 담궈 보지 못 한다면, 혹시라도 그렇게 된다면, 그 또한 받아들일 생각으로 주최측에 인사를 하러 갔습니다.

주최측에서는 이게 웬일이냐며 깜짝 놀라기는 했지만 참가를 거부하지는 않았습니다. 오히려 우리나라에서 처음 시작하는 수영 마라톤 대회인데 유명한 선수가 와서 다행이라며 장애인은 물론 일반인들에게도 희망과 도전의식을 보여 주라고 격려해 주었습니다. 역시 그간 세진이가 고생을 해 온 것이 헛되지는 않은 모양입니다.

대회가 시작됐습니다. 세진이가 1001번이 적힌 하얀색 수모를 쓰고 제일 먼저 입장을 했습니다. 안내 방송이 나옵니다.

"성균관대학교 소속 장애인 선수 김, 세, 진!"

세진이가 당당하게 로봇다리 위에 반바지 수영복을 입고 척척 바다로 걸어 들어갑니다. 성큼성큼 멋지게. 누가 봐도 '쟤, 장애인 맞아?'라고 할 정도로 멋지게 말입니다. 나는 입이 떡 벌어져서 다물 수가 없었습니다. 티타늄으로 만든 로봇다리가 유난히 햇빛에 반짝거립니다. 사람들도 박수를 칩니다. 그 소리가 꿈 같이 느껴집니다.

입영을 앞두고 세진이가 로봇다리를 벗고 다리를 드러냅니다. 내 눈엔 짧고 길이가 다른 두 다리가 쭉쭉 빵빵 탄탄한 다른 선수들의 다리보다 더 사랑스럽게 보입니다. 드디어 시합을 알리는 총소리가 통영 앞바다에 울렸습니다. 내 심장이 총 맞은 것처럼 찌릿찌릿 떨립니다.

할 수 있다고 격려했지만 막상 바닷속으로 들어간 세진이를 보니 나도 따라 들어가고 싶은 심정입니다. 괜히 이런 힘든 시합에 도전했나 후회도 밀려옵니다. 저 깊은 물이 무섭지 않을까? 소금물이 따가울 텐데. 세진이 몸에 혹시 해파리라도 붙으면 어떡하지? 세진이를 무는 놈들은 다 해파리냉채로 만들어 버리고 말리라 혼자 되뇌며 주먹을 불끈 쥐었습니다.

피 말리는 시간이 시작되고 관계자들의 무전기에서 교신하는 소리가 들려왔습니다. 그런데 그 말들이 가관입니다.

'장애 어디 있어?', '장애 꼴찌야?', '장애 기권했어?', '장애 물에서 나갔지?' 뭐 이런 말들입니다.

'아씨, 대체 뭐야!'

우리 아들의 멀쩡한 이름을 두고 자꾸 '장애'랍니다. 순간 울컥 했지만, 시합 관계자들도 우리 세진이 때문에 신경이 곤두섰겠구나, 걱정하느라 그러는구나 싶어서 그냥 웃었습니다.

1분이 1시간 같았습니다. 점점 시간이 지나고 3시간이 훌쩍 넘어서야 선수들이 멀리 모습을 드러내기 시작합니다. 바다 상황이 좋지 않아서 10킬로미터를 온몸으로 저어 오는 데 3시간이 넘게 걸린 것입니다.

세진이는 어떻게 됐나 싶어서 더욱 마음을 졸이는데 드디어 1등으로 들어오는 선수가 보입니다. 그리고 조금 뒤에 세진이의 모습이 보였습니다. 그저 놀라웠습니다. 세진이와 1등 사이에는 불과 서너 명의 선수들이 있을 뿐이었습니다. 당당하게 일반인 선수와 4, 5위를 다투며 들어오고 있었습니다.

결국 세진이는 다섯 번째로 들어왔습니다. 장애를 가진 내 아이가 그것도 수영 마라톤 대회에서 5위를 했습니다.

"세진아, 잘했다. 장하다, 김세진!"

정신없이 소리쳤습니다.

"우리 장한 아들, 어서 와라, 고생했다!"

세진이가 물에서 나와 모습을 드러내는 순간 나는 또 다시 놀랐습니다.

"헉, 이게 뭐야……."

물으로 올라온 내 아들은 내 아들이 아니었습니다. 몸에 아직도 해파리가 감겨 있는 데다 온 얼굴과 몸이 해파리가 감고 쏘고 지나간 상처로 벌겋게 통통 부어 있었습니다. 물

귀신인지 바다 괴물인지 도대체 사람의 형상이 아니었습니다. 게다가 물 밖으로 나오자 저체온증이 엄습해 와서 온몸을 바들바들 떨었습니다. 주최측에서 마련해 준 보건소에서 간호사가 달려왔지만 대책이 없다고 해서 바로 구급차를 불러 병원으로 갔습니다.

그런데 통영에서 제일 큰 병원에도 해파리에 쏘인 데는 약이 없답니다. 하도 많은 선수들이 갑자기 들이닥쳐서 병원에 식염수도 동이 났습니다. 그래서 그냥 바닷물로 씻고 베이비파우더를 듬뿍 뿌린 후에 쪽집게로 해파리의 촉수를 빼고 항생제 주사를 놓았습니다. 도핑 테스트에 걸릴까 봐 스테로이드 연고도 못 바르고 약도 못 먹은 채 상태가 나아지기를 기다렸습니다.

병원 침대에 앉아 따갑다고 폴짝폴짝 뛰면서도 세진이는 연신 벙글벙글 웃었습니다. 스스로도 과연 해낼 수 있을까 반신반의 했던 모양입니다. 퉁퉁 부어서 잘 보이지도 않는 눈을 끔뻑끔뻑하고 두 배가 된 입술을 움찔거리며 자랑스러움을 감추지 않았습니다. 이만하면 10킬로미터 수영 마라톤 도전이 무리가 아니었다는 생각이 듭니다. 괜히 시켰나 가슴 졸이던 마음이 금세 날아가 버렸습니다. 나는 기쁨에 차서 세진이의 엉덩이를 팡팡 두드렸습니다.

'됐네, 됐어. 미국 가자, 우리!'

우리는 두 달 후에 미국 뉴욕 허드슨 강에서 열린 수영 마라톤 대회에 참가했고, 외국인들의 기립 박수를 받으며 완주했습니다. 이번에도 전체 대회에서 장애인 참가자는 우리 세진이 하나뿐이었습니다. 대회 관계자들은 '원더풀, 뷰티풀'을 연발하며 세진이의 도전에 감동했고, 대회 당일 날에는 수많은 관객들과 금발의 할머니와 아줌마들이 눈물을 흘리며 완주하고 들어오는 세진이에게 박수를 쳐 주었습니다. 아무도 예기치 못한 극적인 상황 때문이었습니다.

열 번째로 강가에 도착한 세진이는 물 밖으로 나와서 의족이나 휠체어 없이 결승점까지 기어서 와야 했습니다. 결국 하나, 둘씩 두 발로 걷는 일반 선수들에게 추월당해서 세진이는 스물한 번째로 결승점을 밟았습니다. 세진이가 그렇게 일반인 선수들의 다리 사이로 기어 오는 동안 전 관중이 박수를 치며 세진이를 응원한 것입니다. 비록 등수 안에는 들지 못했지만 세진이는 거기 모인 사람들에게 큰 감동을 주었습니다. 나도 울고 세진이도 울고 관객들도 모두 울었습니다.

수영 마라톤은 메달을 바라고 하는 도전이 아닙니다. 그저 장애인도 일반인들처럼 할 수 있다는 걸 확인하고 싶었던 세진이의 '순수한 도전'입니다. 세진이에게는 이제 장애인 수영 대회 400미터 금메달과 함께 일반인과 겨루는 수영 마라톤 도전도 꿈이 되었습니다.

내가
니 엄마다

내가 키워서 세진이가 된 게 아니라
세진이니까 세진이가 된 겁니다.
본인이 피땀 흘리며 노력했으니까,
사람이 되게 해 달라고 밤마다 울면서 기도했으니까
지금의 세진이가 된 것입니다.

세진이가 등산이나 마라톤에 도전하면서 신문기자들이 찾
아오기 시작했습니다. 〈인간극장〉이라는 방송 프로그램에
도 출연을 했습니다. 가장 큰 반향을 일으킨 프로그램은 초
등학교 6학년 때 출연한 〈휴먼다큐멘터리 사랑〉이라는 프
로그램이었습니다. 시청률이 15%가 넘었다는 '로봇다리,
세진이' 편이 방송되고 한동안 나와 세진이는 유명 인사 대

접을 받았습니다. 동네 꼬마들이 둘러싸고 사인을 해 달라고 하고, 어디를 가도 모르는 분들의 인사와 사인 공세가 이어졌습니다.

텔레비전은 요술램프 같습니다. 순식간에 주변의 공기가 포근해지면서 세진이를 바라보는 사람들의 눈빛이 따뜻해졌습니다. 와서 격려해 주고 손을 잡아 주었습니다. 차가운 대접에 익숙했던 우리 모자로서는 이보다 더 행복한 일이 없었습니다. 또 현실적으로는, 맘 놓고 운동할 데가 없어 떠돌던 세진이에게 소속 팀이 생겼습니다. 방송에서 수영장과 선생님을 찾아 헤매는 모습을 보고 화성시에서 훈련장과 코치 그리고 몸 누일 작은 거처를 임시로 빌려 줬습니다. 세진이가 화성시 체육회 소속의 수영 선수가 된 것입니다.

개인적으로 내 가슴을 울린 일도 있었습니다. 나의 존재를 인정하지 않던 이복형제들이 비로소 연락을 해온 겁니다. 같은 하늘 아래 살아도 감히 언니 오빠라고 그 누구에게도 말하지 못했던 형제들……. 그들은 나와 달리 공부를 많이 해서 사회 지도층 인사로 여유 있게 살고 있습니다. 존재조차 인정받지 못했던 이 동생에게 언니 오빠들이 열심히 살았다고 칭찬해 주었을 때의 마음을 어떻게 표현해야 할지 모르겠습니다. 그냥 아버지가 너무너무 보고 싶었습니다.

하지만 방송이라는 것이 정말로 좋은 점도 있고 불편한 점도 많았습니다. 그중에서도 제일 기가 막히는 일은 본인이 세진이 생모라고 주장하는 사람들이었습니다. 처음 방송에 출연했을 때부터 심심찮게 당했던 일입니다.

"띵동!"

"누구세요?"

어떻게 집을 알아냈는지 찾아와서 일단 초인종을 누르고 눈물을 훔치며 서 있습니다. 그동안 어떻게 참았는지 문 여는 사이를 못 참고 대성통곡을 합니다.

"흑흑, 제가 세진이 생모예요."

처음에는 놀라서 문을 열기도 했지만 몇 번 경험을 하고 나자 이골이 났습니다. 세진이가 제게 웃으며 말합니다.

"엄마, 나가 보세요. 또 엄마 왔나 봐요."

하나같이 들어오면서부터 집안을 살피고 세진이를 부여잡습니다. 어떤 사람는 다짜고짜 바닥에 쓰러지기부터 합니다.

"세진아, 엄마가 미안하다. 내가 죄인이다, 죄인!"

그러고는 나를 보고 그동안 고마웠다고, 너무 감사하다며 본인이 엄마가 틀림없다고 주장합니다. 한 발 더 나아가 세진이 방이 어디냐며 자신이 가져온 가방에 주섬주섬 세진이 옷이며 짐을 싸기도 합니다. 나와 세진이는 한참을 말없이 두고 보고만 있었습니다. 그렇게 생모라 주장하며 울고 불고 하던 여자들이 제풀에 조용해지면서 우리에게 넌지시 물어보는 게 있습니다.

"세진이 방송에 나가고 후원도 많이 받으셨죠? 어떻게 관리하세요? 제가 그동안 못 한 엄마 노릇하면서 잘 키우겠습니다."

대충 기억을 더듬어도 열 명은 왔던 것 같습니다. 나중에는 워낙 많이 경험한 터라 별다른 동요를 느끼지 않고 오히려 재미있게 관전하게 되었지만 처음에는 걱정도 많이 했고 가슴도 아팠습니다. 저렇게 생모라고 주장하는 사람들이 한 번씩 왔다 가면 세진이가 마음이 아프지 않을까.

나 역시 세진이의 생모가 궁금합니다. 이렇게 잘생기고 완벽한 아들을 낳아 준 귀한 분이니까요. 만나면 감사하다고 절이라도 하고 싶은 심정입니다. 그리고 세진이가 결혼할 때 같이 나란히 앉고 싶습니다. 며느리한테 같이 절도 받고 말입니다.

하지만 원망스럽기도 합니다. 왜 그 추운 겨울날에 메모 한 장 없이 핏덩이 세진이를 보육원 대문 앞에 두었는지 물어보고 싶습니다. 이 귀한 아이가 잘못되었으면 어쩌려고 그랬냐고. 내 마음 속엔 그렇게 세진이 엄마에 대한 감사와 원망 두 가지의 마음이 공존합니다.

하지만 세진이는 그렇지 않았으면 좋겠습니다. 그저 세상에 태어나게 해 주신 것에 감사하다는 마음만 갖기를 바랍니다. 아마 그럴 겁니다. 세진이는 커갈수록 나보다 더 마음이 넓고 훌륭한 청년이 되어 가고 있으니까요.

　유명세를 타며 생긴 일은 수도 없이 많습니다. 주변에 별별 인간 군상들이 넘쳐 납니다. 내게 자신의 아이를 부탁하는 엄마들도 있습니다. 주로 아픈 아이를 둔 엄마들이 자기 애도 세진이처럼 키워 달라고 합니다. 아픈 아이 때문에 이혼했다는 엄마, 아픈 아이를 장기간 돌보다가 남편이 바람났다는 엄마, 수술할 돈을 마련하기 위해 동네방네 뛰어 다니느라 키우기가 너무 힘들다는 엄마. 구구절절하고 가슴 아픈 사연을 읊어 대며 당신이라면 우리 아이도 세진이처럼 해 줄 수 있지 않냐고 통곡합니다.

　그런데 말이죠. 내가 키워서 세진이가 된 게 아니라 세진이니까 세진이가 된 것입니다. 본인이 피땀 흘리며 노력했으니까, 사람이 되게 해 달라고 밤마다 울면서 기도했으니까, 지금의 세진이가 된 것입니다.

　"하나님, 다시는 거짓말도 안 하고 착하게 살 테니까, 친구들이 피노키오라고 놀리지 않게, 사람이 되게 해 주세요."

　기도를 하면서 밤마다 울던 세진이를 지켜보았습니다. 불편한 몸으로 험준한 로키 산을 오르고 마라톤을 하는 것, 그건 세진이라 가능했던 겁니다. 하루하루 훈련을 게을리하지 않고 온몸이 퉁퉁 불 때까지 수영장에서 나오지 않았으니까 국가 대표가 된 것입니다. 물론 세진이가 그렇게 살 수 있게 엄마인 나도 열심히 살았지만 그건 내가 '세진이 엄마'였기 때문에 가능했습니다. 다른 어느 아이의 엄마가 아니라 세진이 엄마 말입니다.

엄마가 자기 자식을 놓으면서 다른 누가 엄마가 되어 주길 바라는 것은 잘못된 생각입니다. 아마도 내게 몸이 불편한 자식을 맡기면 죄책감이 덜할 것이라 생각했는지도 모릅니다. 하지만 아이를 품에서 내려놓기 전에 아이의 눈을 한번 바라보았으면 좋겠습니다. 엄마는 자식이 무얼 할 수 있는지 찾아 내어 하게 해 주는 사람이 아닐까요. 내가 한 일이란 세진이 곁에서 세진이의 말을 들어 주고 세진이가 무언가 할 수 있도록 도와 준 것뿐이었습니다. 장애가 있는 자식을 키우는 것은 물론 힘든 일입니다. 하지만 엄마 노릇은 그 누가 대신할 수 있는 것이 아닙니다.

세진이를 이용하려는 사기꾼들도 있습니다. 얼마 전엔 세진이가 방송에 나왔던 화면들을 짜깁기한 전단을 만들어 뿌리고 홈페이지를 꾸며 후원금을 모금하던 남자가 붙잡혔습니다. 그 남자는 잡히고도 당당했습니다. 아픈 자기 아이의 병원비가 없어서 그랬다며 세진이는 방송에 나와 돈을 많이 받았으니 자신에게 나눠 달라고 오히려 큰소리 치며 요구했습니다. 나중엔 감정이 격해졌는지 '너는 자기 새끼도 아닌 애를 주워다가 방송으로 돈을 버는데 왜 자기는 제 새끼 살려 보겠다는데 안 도와주냐'며 화를 내고 행패를 부렸습니다. 그래도 내가 차분히 이야기를 들어 주니까 마지막엔 방송국 피디를 소개해 달라고 읍소했습니다. 자기가 직접 만나 도움을 받을 수 있는 프로그램에 나가고 싶답니다. 오죽 살아가는 게 힘이 들면 저럴까 싶어서 아무런 조치도 하지 않고 풀어 주었습니다.

나에게 결혼을 하자는 남자들도 있습니다. 세진이를 돌보는 모습을 보고 사랑을 느꼈다며, 세진이 같은 아이를 입양한 여자라면 자기 같은 사람도 사랑으로 돌봐 줄 수 있을 거라고 합니다. 주로 노숙자나 사업을 하다 실패하고 가족에게 버림받은 사람, 사고나 병으로 중도장애를 갖게 되어 이혼 당한 장애인이거나 인생의 마지막 기로에 선 분들입니다.

그들이 원하는 건 아마도 억척스럽게 자신을 돌봐 줄 여자겠지요. 세진이에게 해 주듯이 자신들에게도 그렇게 해 줄 거라 여기나 봅니다. 하지만 나는 불행히도 결혼에 대한 좋은 기억이 없습니다. 어떻게 해서 겨우 빠져나온 결혼의 굴레인데 뒤늦게 다시 내 두 발로 걸어 들어갈까요.

무엇보다 나는 너무 바쁩니다. 세진이 엄마 노릇만으로도 내 인생은 꽉 차 있습니다.

세진이의
동생들

세진이 어릴 적에 두 다리가 없는 분이
길에 엎드려 무언가 파는 걸 보았습니다.
"엄마는 저 분에게 돈보다 소중한 걸 드리고 싶은데,
어떻게 하면 마음 다치지 않게 도움을 드릴 수 있을까?"
내 물음에 세진이가 주섬주섬 주머니를 뒤지더니
가게에서 빵과 음료수를 사 와서 그분과 함께
길바닥에 주저앉아 맛있게 먹었습니다.
가진 걸 움켜쥐기만 하면 나누는 행복을 모릅니다.
세진이가 나눔의 행복을 아는 사람이 되었으면 좋겠습니다.

세진이에게는 동생들이 많습니다. 기쁨이, 민혁이, 대원이, 하인즈, 경준이, 지훈이……. 참 많은 아이들을 동생으로 삼았고, 정을 나누었고, 입양을 보냈습니다. 지금도 주말이나 명절이면 집에 데려와서 함께 지내는 동생들이 있습니다. 모두들 아동보호시설에서 만나 결연 가정의 인연을 맺은 아이들입니다.

제일 먼저 떠오르는 아이는 기쁨이입니다. 우리는 세진이가 어릴 적부터 주말마다 아동보호시설에 함께 자원봉사를 다녔습니다. 바로 세진이를 만났던 그곳으로 말입니다. 세진이에게 여기가 너를 만난 곳이라고 이야기해 주고, 그곳의 아이들을 형제자매로 여기도록 했습니다. 세진이가 제법 동생들을 데리고 놀 수 있게 되었을 즈음에 정말로 세진이와 똑같이 생긴 기쁨이라는 아이를 만나게 되었습니다. 기쁨이도 손가락이 몇 개 없고 발이 복숭아뼈 옆에 붙어 있어서 걷기 힘든 아이였습니다. 인연도 이런 인연이 없는 것 같아서 기쁨이를 세진이 동생 삼아서 결연을 맺었습니다. 평소에도 후원자로서 자주 찾아보고 주말이나 명절이면 집에 데려와서 우리 가족과 함께 지냈습니다.

세진이만 예쁜줄 알았더니 기쁨이가 더 예쁘다는 은아. 세진이도 질세라 동생과 놀아 주며 우유를 먹이고 기저귀도 제 손으로 갈아 주었습니다. 목욕하고 나오면 머리를 말려 주고 겨울에는 드라이어로 양말을 따뜻하게 데워서 신겼습니다. 밥을 먹어도 계란 반찬은 기쁨이 입에 먼저 넣어 주었습니다. 주말이 지나 기쁨이가 시설로 돌아갈 때는 초상집이 따로 없었습니다. 지 애미가 죽어도 저리 울까 싶을 정도로 난리였습니다.

하루는 은아와 세진이가 머리에 띠를 두르고 방에 앉아

있었습니다.

"엄마 할 말이 있어요."

"그렇겠지."

시큰둥한 내 대답에 본론부터 치고 들어옵니다.

"엄마, 우리 기쁨이 입양해요."

"엄마, 세진이도 키웠는데 기쁨이 못 키우겠어요?"

이것들이 나를 닮아서 겁이 없습니다. 어릴 적부터 세진이의 주특기는 엉엉 울면서 생떼를 부리는 것이었습니다. 내가 반응이 없자 기쁨이와 살겠다고 울고 불고 난리입니다. 왜 기쁨이를 입양해야 한다고 생각하는지 말해 보라니까 대답이 기가 막힙니다.

"엄마…… 엉엉, 기쁨이는 나랑 고향이 같잖아요. 엉엉."

그 말에 마음이 아파진 나는 괜히 안 된다고 소리를 지르고 밖으로 나왔습니다. 미안하다, 엄마가 지금 형편이 안 된다는 말이 입안에서 맴돌았지만 입 밖으로 낼 순 없었습니다. 자식을 돈으로 낳고 키우는 건 아니지만 세진이 병원비며 의족, 수술비만으로도 허리가 휘어지는 형편이었습니다. 다행히 기쁨이는 얼마 후에 입양을 가게 되었습니다. 그리고 좋은 가정을 만나서 잘 적응하고 살고 있습니다. 지금도 우리는 가끔 기쁨이네와 연락을 주고받습니다.

하인즈와 부반비엣도 기억에 남습니다. 수원으로 이사

오면서 인근에 있는 안양 아동일시보호소에 자원봉사를 다니게 되었습니다. 거기서 만난 하인즈는 백인 혼혈 아기입니다. 당시 한참 하인즈 워드가 유명할 때라서 이름을 하인즈라고 지었다고 했습니다. 하인즈는 얼굴이 너무 커서 내복이 안 들어갈 정도로 우량아였습니다. 부반비엣은 생년월일과 부반비엣이라고 적은 쪽지와 함께 시설 앞에서 발견되었습니다. 이렇게 쪽지 한 장이라도 남겨 주면 얼마나 고마운지 모릅니다. 생일이라도 챙겨 줄 수 있으니까요.

하인즈와 부반비엣이 함께 수원의 경동원으로 옮기면서 우리도 그곳으로 자원봉사를 갔고, 주말이면 집에 데려와서 세진이의 동생으로 지냈습니다. 그러던 중 두 아이 모두 미국으로 입양을 가게 되었습니다. 해외로 입양을 갈 때면 만감이 교차합니다. 선진국에 가서 좋은 부모와 가정을 만나겠지 싶으면서도 이역만리에서 아기들이 혹시 외롭게 자라지는 않을까 싶어 가슴이 먹먹해집니다.

하인즈와 부반비엣이 떠난 뒤에도 우리는 여전히 수원으로 자원봉사를 다닙니다. 그리고 그곳에서 지금의 동생들을 만났습니다. 집에만 오면 '엄마 뭐해요?'하며 뒤를 졸졸 따라다니고 업어 달라고 등짝에 붙어 있는 두 아이의 이름은 경준이와 지훈이입니다. 역시 결연가정을 맺고 주말이나 명절이면 우리와 함께 생활합니다. 경준이는 심장에 문제가 있어서 수술을 해야 하는 아이입니다. 몸이 아프다 보니 또래보다 작고 마음이 여려서 울보입니다. 반면 지훈이는 덩치가 크고 씩씩한 장난꾸러기입니다.

입양되지 못한 동생들에게 항상 미안함을 가지고 있는 세진이는 주말에 동생들이 집에 오면 든든한 형 노릇을 합니다. 그리고 세진이의 이야기를 담은 책 《로봇다리 세진이》의 인세로 한 아이 당 3만 원씩 후원하고 있습니다. 시설의 아이들은 만 18세가 되어 고등학교를 졸업하면 더 이상 시설에 머물지 못하고 독립해야 합니다. 이때 나라에서 자립금으로 지원해 주는 돈은 200~300만 원 정도. 독립을 하기에는 턱없이 부족한 금액입니다. 제 몸 하나 누일 월세보증금 내기도 힘든 돈이지요. 그래서 보완책으로 시설 아이들의 지정 계좌를 만들어 1만 원을 후원받으면 나라에서 똑같이 1만 원을 후원해 주는 제도가 있습니다. 세진이가 3만원을 후원하면 나라에서도 그만큼 후원을 더 해 줍니다. 훗날 경준이와 지훈이가 사회에 나올 때 모아둔 그 돈이 조금이라도 도움이 될 수 있을 것입니다.

아, 넬디도 빼놓을 수 없군요. 넬디는 정말 특별한 동생입니다. 넬디는 전기도 들어오지 않고 물도 나오지 않는 인도네시아의 와잉가푸라 섬에 사는 아홉 살짜리 사내아이입니다. 일곱 살 때 학교 가는 길에 오토바이에 다리를 다치는 사고를 당했지만 엄마가 병원에 데려가는 대신에 무당에게 맡기는 바람에 치료를 못해 상처난 다리가 썩어 버렸습니다. 무당이 넬디의 다리에 대나무 잎을 덮어 놓고 주문만 외웠답니다. 넬디는 어쩔 수 없이 다리를 절단했습니다. 그 후 넬디는 국제구호단체인 컴패션 사람들의 눈에 띄어 다시 학교를 다닐 수 있게 되었지만 가난한 어부인 부모와 줄줄이 사탕처럼 많은 형제들 사이에서 더 이상의 치료는 꿈도 꾸지 못하고 살았습니다. 컴패션에 등록된 후 넬디는 간절히 기도했다고 합니다.

'하나님, 저에게 튼튼한 다리와 든든한 형을 주세요.'

당시 세진이와 나는 한국에서 열린 컴패션 사진전을 보러 갔다가 해외 아동들을 후원할 수 있다는 걸 알게 됐습니다. 세진이가 나를 바라보며 눈을 빛냈습니다.

"엄마, 저도 후원하고 싶어요."

"세진아, 뜻은 좋지만 네가 무슨 돈으로 후원할 건데? 후원은 누군가를 끝까지 책임질 수 있을 때 시작하는 거야. 별 생각 없이 시작했다가 중단하면 그 아이는 더 실망할걸."

세진이가 냉큼 대답했습니다.

"엄마, 내 동화책 인세로 한 아이를 더 도울 수 있지 않아요? 그럼 지훈이랑 경준이처럼 내 동생이 되는 거잖아요."

한 달쯤 지났을까. 인도네시아에서 편지가 왔습니다. 편지를 뜯는 순간 우리는 정말 깜짝 놀랐습니다. 사진에 있는 아이의 다리 하나가 보이지 않았습니다. 세진이처럼 오른쪽 다리가 허벅지까지밖에 없었습니다. 한동안 서로 말을 못했습니다. 세진이가 먼저 입을 열었습니다.

"엄마, 어쩌면 내 다리가 이 아이한테 맞을지도 몰라요. 엄마가 내 다리 다 모아 놨잖아요. 그거 주면 어떨까요?"

그 아이의 이름이 넬디였습니다.

우리는 넬디를 만나기 위해 컴패션을 후원하는 탤런트 차인표 씨와 함께 인도네시아로 날아갔습니다. 세진이가 쓰던 의족을 들고서 말입니다. 혹시나 하는 기대였지만 넬디를 만나고는 정말 놀랐습니다. 세진이가 썼던 의족이 기적처럼 넬디에게 딱 맞았던 겁니다.

하지만 넬디는 아주 솔직한 녀석이었습니다. 우리를 보고는 실망했다고 했습니다. 하나님께 든든한 형을 달라고 기도했는데 자신보다 더 심한 장애를 가진 형이 와서 실망했다는 겁니다.

세진이가 웃으며 형은 국가 대표 수영 선수라고 소개하고, 수영장에 직접 넬디를 데리고 들어가서 힘 좋게 번쩍 들어서 둥둥 띄워 주니까 그제야 입이 떡 벌어집니다. 나중에는 형을 너무 좋아해서 말도 안 통하는 형 옆에 붙어서 계속 쫑알거렸습니다. 넬디는 그 후 세진이 형의 로봇다리를 착용하기 위해 아무렇게나 절단해 버린 다리를 곱게 다듬는 수술을 했습니다. 그리고 지금은 로봇다리를 착용하고 학교도 가고 축구도 한답니다. 세진이와 넬디는 한 달에

한 두 번씩 편지를 주고받습니다.

"넬디야, 너는 형을 안 만났으면 어떻게 지내고 있었을 것 같아?"

"아마 형을 안 만났으면 집에서 잠만 잤을 거야. 하지만 형을 만나고 나서 나에게도 꿈이 생겼어. 난 원래 꿈이 목사님이었는데 형을 만나고 나서 의사 선생님이 되고 싶어졌어. 공부 열심히 해서 대학교에 가서 꼭 꿈을 이룰 거야."

"그래, 공부 열심히 해서 형이 살고 있는 나라로 공부하러 와. 형이 꿈을 이루도록 도와줄게."

아, 이를 어쩝니까. 이걸 기특하다고 해야 하나요. 어쩌면 언젠가 우리 집에 인도네시아 동생도 와서 함께 살게 될지 모르겠습니다.

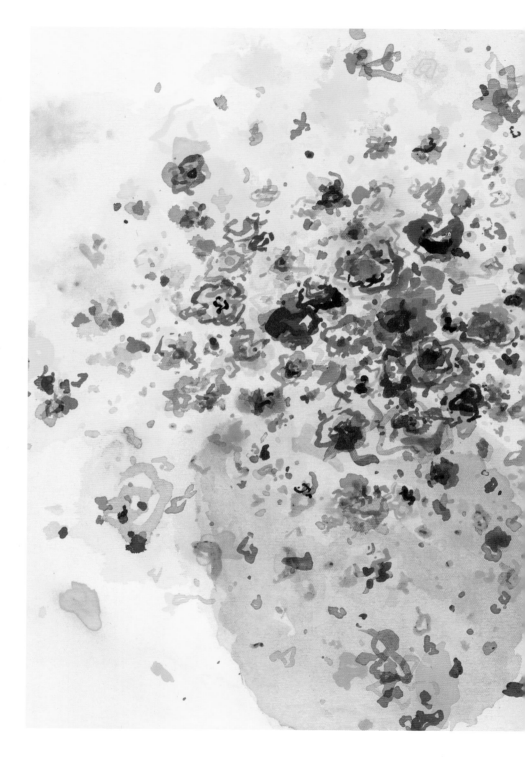

가진 걸
움켜쥐기만 하면
나누는 행복을
모릅니다.

마음의 꽃 Acrylic on canvas, 45×53cm, 2014

세진이의
강연

"나, 김세진은 세상에 기대는 사람이 아니라,
세상이 기대하는 사람이 되겠습니다."
아이의 가능성은 엄마가 정하는 것이 아닙니다.
어릴 적에는 말조차 어눌했던 떼쟁이 세진이가
사람들에게 감동과 희망을 주는 사람으로 자랐습니다.

한국컴패션에서 인연이 된 차인표 씨가 〈땡큐〉라는 방송 프로그램을 진행할 때 세진이에게 한 번 놀러 오라고 했습니다. 마침 시합이 끝나서 조금 여유가 있던 때라 구경하러 갔는데 패널 의자에 앉으라고 했습니다. 프로그램이 시작되고 차동엽 신부님, 표창원 교수님, 탤런트 장서희 씨 같은 유명인들이 10분 가량씩 강연을 했습니다. 그리고 차인표 씨가 세진이를 소개했는데 자신도 뭔가 이야기를 해야겠다고 생각한 모양입니다. 세진이가 소개를 받은 후에 6~7분가량의 짧은 이야기 같은 강연을 했습니다. 그런데 반응이 무척 좋았습니다. 방청객과 패널들도 눈물을 흘렸고 강연 영상이 유튜브에 올라 500만 뷰를 기록했습니다.

그 뒤로는 여기저기에서 강연 요청을 받습니다. 처음에는 왠지 내키지 않았습니다. 그래 봐야 몇 살이나 되었다고, 살아 봐야 얼마나 살았다고, 사람들 앞에서 인생을 얘기할 자격이 있을까. 혹시 어린 나이에 관중의 반응에 취해서 자신의 이야기를 과장하고 꾸미는 사람이 되면 어쩌나 했습니다. 엄마는 늘 걱정이 앞서니까요. 하지만 신기한 건 세진이가 내가 모르는 재주를 하나 더 가지고 있었다는 겁니다.

대원외국어고등학교 이사장님이 방송을 보고 세진이에게 장학금을 주고 싶다고 하셨습니다. 그래서 대원외고 입학식에서 장학금을 받고 짧은 인사말 같은 강연을 하게 됐습니다. 마침 세진이와 동갑내기 친구들이 입학을 하는 자리였습니다. 또래 친구들 앞에서 쑥스럽기도 할 테고, 게다가 공부 잘한다는 아이들만 모여 있는 학교에 가서 세진이가 무슨 말을 할 수 있을까, 혹여 주눅이 들지는 않을까, 걱정이 앞섰습니다. 하지만 세진이는 걱정과 달리 의외의 모습을 보여 주었습니다.

"꿈은 여러분 곁에 있습니다. 꾸준히 노력한다면 이루지 못할 꿈은 없습니다. 부족한 저도 이렇게 꿈을 이루며 살고 있기에 감히 뛰어난 여러분은 못할 일이 없다고 생각합니다. 고등학생이 되면 대학 입시로 힘들 텐데 그때마다 저를 기억해 주시기 바랍니다. 나, 김세진은 세상에 기대는 사람이 아니라, 세상이 기대하는 사람이 되겠습니다."

강연을 듣던 모든 학생들이 박수를 치고 환호를 보냈습니다. 세진이의 태도가 어찌나 당당하던지 멋지다, 잘생겼다는 외침이 들렸습니다. 같은 학교 친구들에게 놀림을 받던 아이, 중학교 1학년 때 학교도 그만두어야 했던 세진이가 또래들에게 환호를 받는 모습을 보니 감개무량했습니다. 나 또한 세진이가 다른 사람들에게 감동과 희망을 줄 수 있겠구나 생각하게 되었습니다. 더 이상 세진이를 의심하지 않고 의미 있다 싶은 강연은 거절하지 않고 있습니다.

우리나라뿐만 아니라 해외에서도 세진이에게 관심을 보였습니다. 〈TED〉라는 세계적인 강연회에서도 초청을 받았습니다. 유엔스포츠사무국에서 공식 주최하는 청소년 리더십 프로그램에서도 영어로 연설을 했습니다. 반기문 유엔 사무총장님의 비서와 미국 대통령 오바마의 친누나가 귀빈으로 참석한 가운데 펼친 그 강연에서도 칭찬이 쏟아졌습니다. 미국과 캐나다에 강연 여행을 다녀오기도 했습니다. 교민들을 위한 강연도 있었고, 국제단체나 기업 강연도 있었습니다. 국내에서도 '희망을 주는 로봇다리 세진이'라고 명명하며 강연 요청이 이어집니다.

나도 모르는 사이에 엄청나게 성장한 세진이. 그래도 내가 보기엔 아직 어린 아이인데, 자랑스럽기도 하지만 얼떨떨하기도 합니다.

세진이가 강연을 하면서 내 업무량도 덩달아 늘었습니다. 강연 스케줄에 따라 세진이 스케줄을 조정해야 했고, 프로필도 만들고, 세진이가 공부와 훈련으로 바쁘니까 강연 프레젠테이션 자료도 내가 만듭니다. 강연할 대상에 따라서 내용이 달라져야 하니 강연 자료도 매번 바꿉니다. 그런데 재미있으면서도 어처구니 없는 일은 이제 내가 만든 프레젠테이션 자료를 세진이가 마음에 들지 않는다며 고쳐달라고 주문한다는 겁니다.

"어쭈, 네가 얼마나 잘났다고 엄마한테 이래라 저래라 하냐? 이만하면 잘 만들었구만. 왜 고치라는 거야?"

한번은 프레젠테이션 자료 때문에 싸우고 사흘간 말을 안 한 적도 있습니다. 하지만 엄마의 항변은 오래가지 못합니다. 무대에 올라가는 건 세진이니까 세진이 말을 따라야 합니다. 또 하나, 강연을 하러 갈 때 제일 중요한 엄마의 업무는 수송입니다. 세진이를 태우고 강연장까지 데리고 다니는 일도 제몫입니다.

나는 세진이가 강연을 할 때 뒤에서 지켜봅니다. 매번 보지만 한 번도 지루하지 않았습니다. 사람들이 웃고 울고 깜짝깜짝 놀라는 것도 재밌습니다.

"의젓하니 점잖게 생겨서 어쩜 저렇게 말을 잘해요?"

어쩌면 저렇게 잘 키웠냐며 칭찬을 하면 괜히 우쭐해지면서 옛 생각이 납니다. 지금은 말을 잘하지만 예전엔 그렇지가 않았습니다. 어릴 적에는 말보다 생떼를 쓰고 우는 게 일이었던 녀석이었고요. 사내 아이라 그런지 말이 어눌하고 빠르지도 않았습니다. 한동안은 갑자기 엉뚱한 말만 해서 이 녀석이 이해력이 떨어지는 건 아닌가 싶기도 했을 정도니까요.

세진이 나이 아홉 살 때 대통령 영부인께서 주최하는 장애인을 위한 행사에 초대되어 간 적이 있습니다. 그 자리에 함께했던 '네 손가락의 피아니스트 희아'가 얼마나 말을 자분자분 잘하는지 희아가 영부인에게 이야기했습니다.

"영부인님, 꽃분홍색 원피스가 너~무 잘 어울리세요. 너무 아름다우세요."

어찌나 부럽고 귀엽던지 넋을 놓고 보는데 옆에서 듣고 있던 세진이도 거들고 싶었던 모양입니다.

"저, 안녕하세요. 저는 세진인데요."

"응, 그래 우리 세진이도 반갑구나."

"저, 할머니! 할머니는 어디 살아요?"

당황한 영부인께서 웃음을 머금고 대답하셨습니다.

"어? 어, 청와대에 살아."

"아, 그렇구나. 근데요, 청와대는 몇 평이에요?"

더 당황한 영부인.

"어, 좀 크단다. 귀여운 녀석."

거기에서 멈췄어야 했는데 세진이는 딱 고개를 돌리더니 내게, 그것도 아주 큰 목소리로 물었습니다.

"엄마! 청와대도 전세지요?"

'그래, 이눔 시키야. 5년 전세다. 재계약 안 된다.'

정말 황당해서 미칠 것 같았습니다. 고개를 옆으로 돌리고 웃는 사람들이 있는가 하면 당황한 관계자들이 서둘러 수습하려고 말했습니다.

"저, 어머니. 영부인께서 얼마나 어려운 분인데 그런 말을……, 세진이가 뭘 잘 모르나 봐요."

난 한숨 한 번 푹 쉬고 '죄송합니다'라고 말할 수밖에 없었습니다. 그런데 그렇게 뒤돌아서려는 순간에 문득 세진이가 뭘 잘못했나 싶었습니다.

"저는 세진이에게 좋은 할머니를 만날 거라고 했습니다. 영부인께서 아이에게 무서운 분이 아니라 좋은 할머니로 기억되셨으면 하는 바람이었으니, 혹시 불쾌하셨다면 저희 마음을 오해하지 않게 잘 전해 주시면 감사하겠습니다."

세진이가 옆에서 고개를 끄덕입니다. 그렇게 말주변이 없어 엄마를 당황시키던 녀석이 많은 사람들 앞에서 강연을 하다니요. 아이에 대해서는 장담하지 말라는 우리 옛말이 맞긴 맞나 봅니다.

자식 덕 보는
엄마

왕따 당하던 아이가 칭찬 받는 아이로 자랐습니다.
자식이 칭찬을 받자 독하다고 욕 먹던 엄마도
덩달아 칭찬을 받습니다.
세진이 덕에 나쁜 엄마라 불리던 내가
순식간에 훌륭한 엄마가 되었습니다.

닉 부이치치는 팔다리가 없는 장애인이자 유명한 강연자입니다. 오스트레일리아에서 태어난 그는 사지가 없이 몸통만으로도 행복하게 살면서 전 세계에 강연을 다니고 있습니다. 우리나라 방송에도 소개되었던 그의 밝은 모습은 세상 사람들에게 희망을 주기에 충분했습니다. 닉 부이치치가 우리나라에서 순회 강연을 하던 중에 세진이를 만나고 싶다고 요청해 왔습니다. 인터넷에서 영상을 봤는데 너무 감동이었다고 직접 만나고 싶다는 겁니다. 세진이는 닉 부이치치의 강연장에 초대 되어 함께 무대에 올랐습니다. 무대에서 수영 이야기가 나오자 닉은 수영을 배울 때 아버지가 욕조에 물을 받고 자신을 띄워서 머리를 살랑살랑 흔들어 주었다고 했습니다. 그 뒤로 자신도 수영을 즐기게 되었다며 세진이에게 더 잘하는 법을 알려 달라고 했습니다. 세진이가 웃으며 대답했습니다.

"부럽네요. 우리 엄마는 저를 그냥 물에 던지셨어요. 저는 살려고 수영을 한 거예요. 닉 형도 저처럼 배우면 수영을 아주 잘하게 될 거예요."

강연장이 웃음바다가 됐습니다. 닉도 강연을 듣던 사람들도 세진이가 무슨 이야기만 하면 우습다고 빵빵 터집니다. 세계적인 강연자 앞에서 세진이는 주눅 들지 않고 현장 분위기를 즐겼습니다.

강연이 끝나고 닉은 자신의 슬픈 기억을 세진이와 내게 이야기해 주었습니다. 닉의 어머니는 닉이 태어났을 때 너무 흉측해서 보고 싶지 않으니 아이를 데리고 나가라고 했답니다. 목사였던 아버지의 설득으로 4개월 뒤에나 어머니가 자신을 안아 주었답니다. 닉이 말했습니다.

"나는 세진이가 부러워요. 이렇게 아들을 위해 모든 것을 버리는 훌륭한 어머니가 계신 것이 얼마나 큰 축복인지 세진이는 알아야 합니다. 오늘의 세진이는 어머니라는 훌륭한 지지자가 있었기에 가능했어요."

그리고 덧붙였습니다.

"나는 지금까지 살아온 삶을 이야기하며 강연을 다니지만 세진이는 앞으로의 삶, 더 많은 삶의 이야기를 할 수 있는 현재보다 미래의 가능성이 큰 아이입니다. 나보다 훨씬 훌륭한 삶을 살 것이고, 자신의 삶을 통해 다른 사람들에게 희망을 주고 삶을 바꿔 주는 감동적인 동기부여가 될 겁니다."

닉 부이치치의 극찬에 세진이와 나는 몸둘 바를 몰랐습니다. 세진이가 복이 많은 모양입니다. 세진이를 아끼고 사랑하는 분들이 세진이의 성장에 큰 힘이 되어 줍니다.

대한성공회 김성수 주교님은 여든이 넘은 할아버지인데 세진이를 친손주처럼 예뻐하십니다. 어떻게 이렇게 생긴 놈이 저렇게 밝고 예쁘게 자라 못 하는 게 없냐며 세진이 손을 꼭 잡고 놓지 않으셨습니다. 그리고 고맙게도 이런 말씀도 해 주십니다. 하나님이 흙으로 사람을 빚어 주셨듯이 너는 네 엄마가 자신의 피와 눈물로 빚은 아이라며 어머니에게 효도하라고 말씀하십니다.

한국인 어머니를 둔 미국의 유명한 미식축구 선수 하인

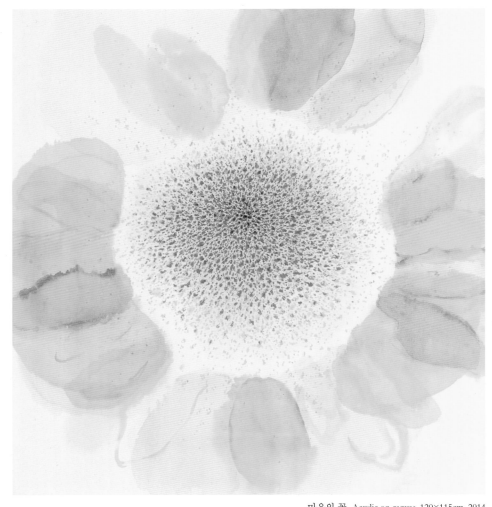

마음의 꽃 Acrylic on canvas, 120×115cm, 2014

함께 꿈을 꾼다는 것만으로도
행복합니다.

즈 워드는 과분하게도 자신의 어머니와 나를 비교했습니다. 세진이와 같은 아이들을 미국에서도 많이 보았지만 세진이가 가장 밝고 착하다며 역시 한국 어머니들이 훌륭하기 때문이라고 했습니다. 그리고 '한국 어머니들 만세!'라며 자신의 어머니와 나의 손을 함께 번쩍 들어 주었습니다.

입양아를 키우고 있는 탤런트 차인표, 신애라 부부는 삼촌과 이모라고 부를 정도로 친하게 지내는 좋은 분들입니다. 차인표 삼촌은 세진이가 스승이라면서 힘든 일이 생길 때면 세진이를 떠올린다고 합니다. 세진이를 생각하면서 어려움을 극복한 적이 많았다며 세진이가 정신적 스승이라는 것입니다. 그리고 그런 세진이를 있게 해 준 내게 감사하다고 늘 이야기해서 나를 민망하게 합니다.

돌이켜 생각해 보면 그 모든 것이 세진이였기에 가능했습니다. 나는 세진이가 밟고 설 땅을 마련해 준 것뿐입니다. 독하다고 욕 먹던 엄마를 훌륭한 엄마로 만들어 준 세진이에게 나야말로 감사합니다.

네 꿈을 위해
엄마는 자격증을 딴다

국가 대표가 되었고 대학생이 된 세진이.
하지만 엄마의 일은 끝나지 않았습니다.
자식이 존재하는 한 엄마는 언제까지나
자식이 편히 기댈 수 있는 언덕이어야 합니다.

세진이가 열 살도 안 됐을 때였습니다.

"엄마 난 내가 살던 시설의 이사장이 될래요."

"너 이사장이 뭔지 알고 하는 말이니?"

"아니요, 몰라요. 난 나랑 내 동생들이랑 우리 아이들이
영원히 헤어지지 않고 살 수 있는 큰 집을 만들 거예요. 그
래서, 음…… 기쁨이처럼 다른 집으로 안 보내고요, 또 민혁

이랑 대원이처럼 큰 시설에 보내 고생 안 시키고, 내가 다 데리고 살고 싶어요."

"그럼 나는? 나는 뭐 해 줄까? 우리 세진이가 하고 싶은 일을 엄마는 어떻게 도와주면 될까?"

"음…… 엄마는 운전을 잘하니까, 애들 학교에 태워다 주세요."

"그렇지! 엄마는 운전수가 딱 좋겠다. 그럼 누나는?"

"아, 은아 누나는 요리를 잘하니까, 주방에서 일하면 되겠네요."

그 말이 왠지 짠했습니다. 그리고 혹시라도 세진이가 꿈을 이룰 때 보탬이 될까 싶어서 그 길로 버스 운전을 할 수 있는 1종 대형면허를 땄습니다. 그 뒤로 사회복지학을 공부해서 사회복지사 자격증을 땄고, 보육교사 자격증도 땄습니다. 이제 엄마는 준비가 다 됐습니다. 어린이집도 운영할 수 있고, 작은 시설도 운영할 수 있습니다.

세진이를 위해 내가 배운 기술이나 따 놓은 자격증이 한두 가지가 아닙니다. 학교 다닐 때 이렇게 공부를 열심히 할 걸 그랬습니다. 자식이 뭔지 지 애미 공부까지 시킵니다. 전남편이 떠넘긴 빚으로 빚쟁이들에게 시달릴 때 아이들을 지키기 위해 호신술을 배운 적도 있습니다. 그러다가 차츰 검술, 봉술, 체포술, 사격술과 경호 관련 지도법, 의전 등을 공부해서 경비지도사 자격증도 땄습니다. 취직 자리를 알아보느라 유통관리사 자격증도 땄습니다. 여행사에 다닐 때는 해외여행 인솔자 자격증을 땄습니다. 세진이 국제 대회에 나갈 때 도움이 될까 싶어서였습니다. 아이들이 자라면서 어떻게 하면 좋은 엄마가 될까 싶어서 아이들과 소통하는 방법을 공부하는 애니어그램 강사 자격증도 땄습니다. 그런데 자식 키우기가 어떤 공부보다 더 힘듭니다.

세진이가 원하던 꿈을 하나씩 이뤄가고 있습니다. 대학생이 되었고 국가 대표가 되었습니다. 하지만 끝이 아닙니다. 나는 소형선박조종면허를 따려고 공부를 시작했습니다. 세진이가 수영 마라톤을 계속하게 되면 수영하는 세진이 옆에 배로 따라다니며 훈련을 시키기 위해서입니다. 강이나 바다에서 하는 시합이기 때문에 배로 이동시키고, 지치면 배 위에서 컨디션 조절도 해 주려는 겁니다. 게다가 상황이 급변하는 야외이기 때문에 기본적인 안전을 위해서라도 배가 따라다녀야 맘껏 훈련할 수 있습니다. 비록 나이는 어느새 40대 후반이지만 대리운전을 하며 한때 날렸던 솜씨인데, 게다가 대형버스 면허증도 있는데, 그깟 소형선박 조종 쯤이야 해 낼 수 있을 거라고 생각합니다.

그러고 보니 세진이 덕에 나는 늙지 않을 것 같습니다. 배울 것도 많고 할 일도 어찌나 많은지, 엄마를 심심하지 않게 하는 효자 아들입니다.

세진이는 아직 꿈이 많습니다. 먼저 장애인 수영으로 올림픽에서 금메달을 따고요, 일반인들과 같이 도전하는 수영 마라톤에서 장애인도 할 수 있다는 걸 보여주고 싶답니다. 공부도 계속하겠답니다. 대학을 졸업하면 석사 학위를 받고 박사 과정도 차근차근 밟아서 교수가 되고 싶답니다. 2038년쯤, 그러니까 세진이 나이 마흔에는 IOC위원이 되고 싶다는 높디 높은 꿈도 꿉니다. 그래서 우리나라 장애인들에게 힘이 되는 사람이 되고 싶고, 세계 어디든 자신이 가는 곳마다 태극기가 걸리게 하겠답니다. 그리고 더 나이가 많이 들면 자신이랑 누나가 자란 집 같은 따뜻한 아동보호시설을 만들어서 아이들을 키우며 늙어가겠다고 합니다. 엄마는 차를 몰고 자신은 아이들을 돌보면서 말이지요.

나는 세진이와 함께 꿈을 꾸고 있는 것만으로도 행복합니다. 할 수 없다 좌절하지 않고 할 수 있다 믿으며 스스로 꿈을 만들어 가는 것만으로도 자랑스럽습니다. 꿈을 꿀 수 있는 사람으로 자라난 기특한 아들. 엄마는 그 꿈을 위해 지금까지 그래왔듯 항상 세진이 옆에 있을 겁니다. 내가 바로 세진이 엄마니까요.

세진 엄마가 드디어 입을 열었다. 로봇다리 세진이가 그렇게 당당하고 멋진 청년이 된 비결은 바로 '어머니'이다. 그녀가 어떻게 살아 왔는지가 곧 세진이가 어떤 사람이 되었는가를 보여 주는 것이다. 거침없이 솔직하고, 어떤 장벽 앞에서도 당당하고, 자녀를 힘들게 하는 것 같아 보이는 파격적인 양육 방식이 아니었다면, 오늘의 '김세진'은 없었을 것이다. 그녀는 스스로를 '나쁜 엄마'라고 말한다. 그런데 이 책을 읽고 나면 알게 된다. 좋은 엄마가 되고 싶은 많은 엄마들이 나쁜 엄마가 될 용기가 없어서 좋은 엄마 되기를 포기하는 것임을. 나쁜 엄마의 훌륭한 양육으로 세진이는 사람들 앞에서 이렇게 선언하게 되었다.

"나는 세상에 기대하는 사람이 아닌,
 세상이 기대하는 사람이 되겠습니다."

이는 어머니의 승리다. 이 승리 뒤에 남몰래 흘린 눈물과 뼈저린 아픔을, 우리는 들어야 한다. 그리고 함께 울어야 한다. 대한민국의 모든 어머니들을 다시 깨어나게 할 이 귀한 책은, 이를 붙잡고 우는 어머니마다 반드시 승리하게 만들 것이다.

온누리교회 목사 이재훈

세진 엄마는 스스로 나쁜 엄마라고 말합니다. 남들처럼 열 달 배 아픈 대신, 까다로운 입양 절차 때문에 열여섯 달 가슴 아파가며 세진이를 얻었고, 그 귀한 아들 걷게 해 줄 의사 찾아 1년이면 7만 킬로미터나 달렸는데 말입니다. 서너 시간 이상 걸리는 수술을 위해 아이를 여섯 번이나 수술실에 넣었고, 간병을 위해 새벽마다 세차를 했는데 말입니다. 혼자 걷게 만들려고 넘어지고 일어서기를 무한 반복시키다 아이 울음소리를 들은 이웃의 신고에 경찰까지 출동했는데 말입니다. 그 '나쁜' 엄마 밑에서 자란 세진이가 열여섯 살에 대학에 들어가고 장애인 국가대표 수영 선수가 됐는데 말입니다.

세진 엄마 같은 '나쁜' 엄마들이 많아지면 좋겠습니다. 입양에 대한 편견이 여전한 세상에서 내 아이 남의 아이 할 것 없이 엄마라는 이름으로 품어 주고, 나아가 아이를 홀로 서게 만들 수 있는. 오냐 오냐 받아 주고 그래 그래 떠받들어 혼자 힘으로는 아무 것도 못하는 아이를 만드는 '좋은' 엄마들이 너무 많은 세상이라서 말입니다. 꽤 오랜 시간 동안 방송 프로그램을 인연으로 세진이네를 지켜봐 온 사람으로, '엄마'라는 이름을 얻기 위해 애쓰는 모든 분들에게 이 책을 권해 드립니다.

방송인 이금희

그녀는 이름보다 '세진 엄마'라는 명칭이 더 편하다. 그녀를 처음 본 것은 2003년 한 TV 프로그램에서였다. 유치원생이던 어린 세진이와 엄마가 마라톤을 하는 과정을 보여 주었는데, 나는 방송 내내 울었다. 다음날 나는 출근하자마자 회사 혁신팀장에게 그 모자를 찾으라고 지시했다. 당시 우리 회사인 하이닉스는 파산에서 다시 일어서야만 하는 중대상황이었고, 한국의 중요한 기반 회사였기에 회생을 위해 특별한 혁신이 필요했다. 그 혁신의 마스코트로서 우리는 세진이가 필요했다. 나는 세진이 모자에게 약속했다. 세진이는 수영으로 세계 일등이 되고, 우리는 반도체 회사로서 일등이 되겠다고.

나는 세진이가 성장하는 것을 쭉 보아 왔다. 초등학교, 중학교 입학과 자진 퇴학, 그리고 검정고시, 성균관대학교 입학과 국가대표 수영선수로서 살아가는 세진의 모습을. 반듯하게 성장하는 세진이가 너무나도 자랑스럽다. 자신의 장애를 극복하고, 남이 하기 어려운 일에 도전하고, 자신과 같은 처지의 동생들을 더 아껴 주고, 큰 희망을 가지고 살아가도록 키운 세진 엄마가 존경스럽고 세진이가 정말 대견하다. 내 자식도 이렇게 키우기 힘든 것을…….

나는 회사에 세진 엄마를 이렇게 소개했다. '21세기 신사임당'이라고. 그런데 신사임당보다 그녀가 더 존경스러운 것은, 신사임당은 자기 자식을 당대 최고의 인물로 키워 내었지만 세진 엄마는 가슴으로 낳은 자식을 앞으로 세계적인 인물로 키워 갈 것이기 때문이다.

허리가 아픈 줄도 모르고 세진이를 업고 뛰어다닌 어머니, 세진이를 위해 하루 종일 수영장과 학교를 종횡무진하며 평생 발이 되어 준 어머니, 그리고 세진이가 장애를 극복하고 꿈을 갖도록 만들어 준 어머니, 주위의 모든 사람을 사랑하는 마음을 갖도록 만들어 준 어머니, 이 어머니가 바로 우리가 보는 진정한 한국의 어머니이다. 오늘을 살아가는 많은 사람들이 이 책을 통해 진정으로 어머니의 마음을 느껴 보기를 간절히 바란다.

한화그룹 경영혁신부문 사장 최진석

중증 장애를 극복하고 대한민국 국가대표 수영 선수가 된 로봇다리 김세진 군. 세진이의 놀라운 기적 뒤에는 누구보다 강인하면서도 따뜻한 어머니가 있었습니다. 눈물과 웃음이 함께 나오는 이 가족의 이야기에 뜨거운 감동으로 행복했었는데, 좋은 책으로 더 많은 이들이 함께할 수 있어 더없이 반가운 마음입니다. 꼭 한 번 읽어 보시기를 추천합니다. 두 모자의 이야기는 오늘을 살아가는 우리에게 용기와 사랑, 그리고 꿈의 의미를 일깨워 줄 것 입니다.

하나금융그룹 회장 김정태

세상 사람 모두가 안 된다고만 했던
우리 세진이가 한 걸음 한 걸음 나아가
자신의 꿈을 이루고, 또 누군가에게 희망을 주는
사람으로 자랐습니다.